逝去的岁月

袁庆兴 著

光明日报出版社

图书在版编目（CIP）数据

逝去的岁月 / 袁天兴著 . -- 北京：光明日报出版

社，2016.4（2022.9 重印）

ISBN 978 - 7 - 5194 - 0414 - 7

Ⅰ.①逝… Ⅱ.①袁… Ⅲ.①回忆录—中国—当代

Ⅳ.①I251

中国版本图书馆 CIP 数据核字（2016）第 072930 号

逝去的岁月
SHIQU DE SUIYUE

著　　者：袁天兴

责任编辑：宋　悦　　　　　　　　责任校对：赵鸣鸣
封面设计：中联学林　　　　　　　责任印制：曹　净

出版发行：光明日报出版社
地　　址：北京市西城区永安路 106 号，100050
电　　话：010 - 63169890（咨询），010 - 63131930（邮购）
传　　真：010 - 63131930
网　　址：http://book.gmw.cn
E - mail：gmrbcbs@gmw.cn
法律顾问：北京市兰台律师事务所龚柳方律师

印　　刷：三河市华东印刷有限公司
装　　订：三河市华东印刷有限公司
本书如有破损、缺页、装订错误，请与本社联系调换

开　　本：710×1000　1/16
字　　数：162 千字　　　　　　　印　　张：13
版　　次：2016 年 4 月第 1 版　　印　　次：2022 年 9 月第 2 次印刷
书　　号：ISBN 978 - 7 - 5194 - 0414 - 7
定　　价：68.00 元

前　言

　　谈起写回忆录,我早有想法,但老伴不同意,孩子们也表示反对。理由很简单,你写的东西给谁看? 她们说的有道理,因此写与不写,在我脑子里转悠了很长时间,拿不定主意。随着时间的推移,年逾八旬,我的《书画集》已完成,事少了。但闲下来无事可做,对我来说是一种惩罚,于是我下决心写点过去的事。

　　我是默默无闻的凡人,不像伟人有轰轰烈烈的辉煌业绩;英雄有惊天动地的壮烈故事;土豪有雄厚的资本奉献于社会,他们为国家、为人民做出了贡献,当然应大书特书。但是,众多的凡人也是有他们的平凡事迹和故事的,虽然不那么宏伟壮丽,但他们无声地劳作,默默地耕耘,我们取得的所有成就中,都隐含着他们的辛勤劳动和丰硕成果。基于这种想法,我投入了本书的编写,写我的家庭,写我的人生,写我的所见所闻及所思所想,写我的喜怒哀乐。虽然言语可能比较啰嗦,故事也不一定生动感人,但这是我个人一生的记载。写到高兴处,我心情舒畅,眉开眼笑;遇到伤心事,我情不自禁,热泪盈眶。我想把这一辈子的酸甜苦辣留给儿女们,待他们想重温老一辈人的经历时,拿出来看一看,或许会有另一番感受。要知道,我们这一代人经历的是枪林弹雨的岁月,缺衣少吃的生活,艰苦卓绝的环境以及家境愁苦的日子。他们可能再也不会遇到我们那时的境况，只能将我们这些老人的讲述和记载留给他们。

写作谈何容易，涉及文化水平与修辞逻辑。我一辈子都从事药业工作，写写专业方面的材料，虽不是行家，还是可以提笔就写的，但要以叙事的方式写我的过去，可就不那么容易了。即便这样，我还是想硬着头皮试试看，中国有句名言，"有志者事竟成"，下决心，坚持写下去。

我写过去，以写实为主，写自己真实的过去。只要能把事实讲清楚，不必过多地注重文字修饰，这就是我写作的主导思想。

话是这么说，实际写起来，对我来说还是困难重重。我对一些字的繁简有时搞不清楚，对汉语拼音更是一知半解，对电脑文本操作基本是从零开始，打字只会"五笔法"。我年已逾八旬，记性差，脑子糊涂，写一篇文章，《新华字典》《现代汉语词典》《五笔字典》不知要翻多少遍，特别是那些笔画少的字，更难记住。一本崭新的《五笔字典》几乎让我翻烂了，刚刚查过的字下面遇到又忘记了，又要去查，昨天用过的字更是忘得干干净净。即使这样，当我让孩子们查看初稿时，仍然有不少错别字。至于文稿中的照片插图处理起来就更麻烦了，我便找儿孙们来帮忙，有时遇到的困难多了，便自己生闷气，几次都想把电脑砸了。可是这能怪谁呢，原本就是自己找的事，只好强压怒火硬着头皮干。写了三年，就这么硬撑下来了。

书写过程中，老伴、儿孙们都帮了不少忙。特别是大外孙女，正在中科院读博士生，休息时间有限。我见缝插针，占用了她不少的休息时间，她呼之即来，来之即干，从图片处理、设计到排版、编辑，帮助我解决了不少问题。小外孙女，当年还是个小学六年级的学生，玩起电脑来游刃有余，她也能帮忙解决一些难题。真是后生可畏呀！

为了追求内容的真实性，成稿后，我还请书稿中提到的一些人帮助"审稿",目的在于求实——写真实的过去。

在这里,对于帮助过我的老伴、儿孙们(女婿)以及审阅过稿子的同志,一并表示深切的感谢。

由于各种原因,对在过去工作、生活中因说过错话、做过错事而得罪过的同事,不可能件件都记起和写入,如有遗漏或错记,还请同志们原谅。书写中言语、措辞的错误更是难免,敬请指教和帮助,不胜感谢!

目　录
CONTENTS

一、我的家

1. 窑洞和土坑是我的家乡

我是陕西省淳化县(新中国成立前称赤水县,是原部分淳化县和部分耀县合并而成。何谓赤水,此地处于国共两党交界地区,国民党杀人太多,血流成河,所以叫赤水县)胡家庙乡北袁村人。村子住户坐北朝南呈一字形排列,总共有二十多户人家,所有人家都住窑洞。村子虽小,但从村东到村西也有三四里的路程。靠东靠西两头人家较少,加在一起只有五六户,大多住在村子中间,都是独门独户。村西头原来只有我们两家人,在我三岁时,我的五伯父挨着在我们两家之间打了一户庄子,这样,村西头就有三户人家了。20 世纪 50 年代以后,往村子西边搬迁的人家愈来愈多,因为西边有直通省城和各县的公路,交通方便。我们那儿的地形南低北高,越是向北地势越高,呈台阶式。窑洞分两种。一种是明庄,即取地势较高的地形,下挖地势低的一侧,从一面或两面直接挖出窑洞,窑门向南或向东,为的是向阳,窑外四周再筑起土围墙,南边开出大门。经济条件好点的大门上边还盖起门楼,显得庄重美观,整体构成一个小院,从远处就能看到,所以叫明庄。我们在电视上看到陕北山区延安的窑洞,都属明庄之类。另外一种是暗庄,也叫"地坑庄",多在平原地区,平地向

下挖出正方形或矩形深坑,深度大约五六米,再从四边挖出窑洞,我们也

把它叫作"四合院",一般在南边的一侧打出一条院通往外边的慢上坡,从洞内通向外边的平地,洞口外边我们管它叫"涯背"。洞口中间安有大门,叫作"哨门"。这个洞短则四五米,长的则有六七米。这是"四合院"的人们进出家门的唯一通道。外面的"涯背"是很宽

废弃的地坑庄

敞的,有拴牲口的凉畜场、粪堆和打麦场等。这样的窑洞远处很难看到,

全家福

走近才能看到原来是住有人家的窑洞,所以叫暗庄。明庄的院子都比外边的道路高,并备有排水渠,无论雨水、雪水均可顺势向外排去;而暗庄需要在院子里打水窖,以便收集雨水,防止雨季窑洞被淹,遇到下大雪,需用人工将雪挑到"涯背"堆放,以免影响院子的土层和整洁。

对于住在暗庄的农户,最费劲的还是处理人畜粪便。农家的厕所我们管它叫"灰圈",顾名思义,就是把烧了炕的灰烬和做饭烧的柴灰倒在一起堆起来。灰烬有吸

附作用，人们在它的周围排便，臭味被吸附了，避免了"臭味满园"。农民并不懂得什么科学，可他们在实践中摸索出这么好的经验办法，也是有一定科学道理的。多么聪明的人民！农民一般都养有牛、驴、骡等牲畜，有的还养猪、羊什么的。这些牲畜都是圈养，几乎每天都要用新土垫圈。目的一是为了掩盖牲畜的粪便，更重要的是为了积肥。垫的土是从大门外边挖取的黄土，就地摊开晾晒，待晒干后，再挑进园子堆放在牲口圈的旁边备用，待圈内的肥积到一定程度，就要挑到"涯背"，堆放在一起，继续发酵，为农田备肥。农家肥过去主要就是指这种肥。明庄院内外比较平坦，可使用独轮车，人工推着就可完成积肥的任务，省力省事多了。而暗庄为此要付出更多的劳动力，完全靠人力完成。

西北经济落后，人民生活比较贫困，但却从不缺乏智慧。他们因势利导，就地取材，只靠人力就能打挖出栖身的窑洞，不像盖房子还需要准备很多建筑材料。窑洞冬暖夏凉，从不怕失火，自小只听说过打麦场有失火的，但从未听说过窑洞失火的事。

冷天取暖也很简单，凡是住人的窑洞，靠入门的一边盘起土炕，用柴草烧炕取暖。烧的柴草多是夏秋农作物的秆茎，做饭也是如此。光靠这些庄稼的秆茎作柴火是根本不够的，到秋末冬闲时节，我们还要到附近山沟里砍柴，也常到三四十里外的深山（我们叫"黑松林"的地方）里砍伐小树，早出晚归。为了维持土炕的温度，烧炕的柴草还没有完全燃尽时，煨上晒干了的牲畜粪便或树叶与土的混合物，或是煨上扫来的小草与土的混合物，叫作"煨里"，用它来煨土炕要是煨好了，能保持七八个小时的温暖。陕西也是一个产煤的地方，距我们村百里之外有个叫"安子涯"的煤窑。虽说可以提供煤炭，但因距离遥远，交通不便，运输困难，加之经济状况不允许，因此使用煤炭对于我们这样的家庭只能是一种奢望。天冷时，人们入窑脱鞋上炕，必要时围上被子，很暖和。

土炕也分大小，小点的可睡两三个人，大点的可以睡10多个人。睡炕也用不着操心二氧化碳中毒的事，靠土炕的最末端，都挖有通向外边的通道，也叫烟筒。烧炕和煨炕冒出的烟，都从烟筒排出，从来没有听说过睡土炕发生二氧化碳中毒的事。过去我们那儿没有专用厨房，厨房与卧室自成一体，为的是方便。做饭的锅灶与土炕是连接在一起的，灶台与土炕之间筑起30到50厘米高、20厘米左右宽的隔墙，我们叫它"背廉"，为的是防备大人做事时因照顾不周，导致小孩在炕上玩耍时掉入灶台，发生意外。锅灶与土炕的内部是相通的，借做饭时产生的余热，顺便给土炕也加温了，一举两得，还节约了燃料，这就是西北人民的智慧。改革开放后，人民生活水平大为提高，大多数人家都有了单独的厨房，吃睡分开了，做饭用起了煤炭，再也不用为燃料发愁了。

一般地讲，凡是住有人家的庄子，周围都有树木。大多是柳树、杏树、枣树、椿树，个别的还有梨树等。树木可以固化土地，防止水土流失，也有美化环境和遮阳的作用。每年夏秋时节，杏子和枣子成熟了，硕果累累，红艳鲜活，真是一道喜人的风景线。我从小就学会爬树，上树摘果子吃，是再开心不过的事，但是不小心，从树上掉下来也是常有的事。记得十岁那年，我放学回家，看见路边一棵枣树上的枣已经成熟。树近端的枣已被人摘光了，只有远处高端还有少量的红枣。红枣随着树枝的摆动在空中一颤一颤的，仿佛在挑逗着我，令我垂涎三尺，于是我奋不顾身爬上了枣树。我一心只想往枣多的细枝高处爬，全然不顾

我的父亲

处境的危险。结果可想而知,不慎从树端重重地摔在地上。据后来大人们说,我摔在地上躺了不短时间,大家都以为我摔死了,就在大人们大呼小叫地围拢过来时,我却一骨碌爬起来,跑回家了。此事传到母亲耳朵里,她含着眼泪既心疼又生气地教训了我。虽然我后来也会经常爬树,但绝不敢再冒险了。

2. 父亲童年丧失父母,辛勤劳累积劳成疾

我从未向父母了解过他们的苦难人生,因此对父母的前半生,我了解得很少,实在惭愧。只是偶尔听母亲谈到一些我们祖辈的往事,也实在是有限。据说爷爷奶奶早逝,父亲兄弟两个,老大童年时被狼吞食,父亲为弟,年幼的父亲无人照顾,流离失所,靠讨饭度生。他只有姓没有名,村里人管他叫"狗混",意即像狗一样混饭吃,乞讨过日子。后来小爷爷看他实在可怜,便在父亲十多岁时收留了他。小爷爷为父亲正名,叫"袁万时"。小爷爷家也穷,父亲不能白吃饭,只能去给有钱人家放羊。无论刮风下雨,都要出去放羊,早出晚归,放羊是件非常苦的差事。中午最多带个窝窝头,晚饭吃的是人家的剩饭。剩饭多少没有定量,不够吃也没有了,饿肚子是常有的事。特别是冬天,牧归都在夜幕前夕,父亲又冷又饿,冰冷的剩饭主人从不给热一下。狠心的婆娘(女主人)还要他靠着结了冰的水缸吃饭,愈吃愈冷,全身哆嗦发抖,都不知道饭是啥滋味!父亲常常流着泪水吃饭。

据村里人讲,牧羊时间,父亲常常坐在沟坡的石头上,叫爹叫娘的哭泣,过路人看到无不动情心痛。由于劳累和生活的艰辛,父亲自小就患上了慢性支气管炎、肺气肿,夏天还好,到了冬天,又喘又咳。我从小就看到父亲咳得要死要活,非常痛苦,但因家境贫困,从未做过治疗。

父亲自小就聪明。他放羊时,常跑到学校附近听老师教学生读书,听得最多的是《三字经》《百家姓》《七言杂志》等。听多了,他能把《三字

经》《百家姓》从头到尾背下来。我上小学时并不学这些，可是父亲教我背，我也背会了不少，虽然我从未见过这些书是啥样。

据说，父亲十二三岁时，就有人给他说了媳妇，是距北袁村二十里路的庙店里家人。女孩十岁时生病，因家境贫困，于是将其送到袁家，成了童养媳，也是为了治病求生。袁家虽穷，但为了儿子成亲，也给女孩做了些治疗，但终因疾病逐渐加重而身亡。

由父亲从小练就了勤劳勇敢、吃苦耐劳的精神。我们那里属黄土高原的沟壑地区，土质薄，虽然家有数十亩土地，但缺乏劳动力，仅靠父母耕种，加上缺肥缺水，只能靠天吃饭，广种薄收，一年辛苦下来收获不了多少粮食。从我记事起，粮食年年不够吃，每到春天，总是为吃饭发愁，常常是到处借粮，待到夏季打下粮食再还，因此有借着吃、打着还的顺口溜。借粮的利息很高，少则借一斗半还一斗半，高则要还两斗，如果夏季收成不好，还不起或还不够，那就"驴打滚"，利息更是翻番，哪敢多借。我们还得依靠挖野菜度日，将野菜加点粗粮蒸出菜团子，或熬成稀粥吃，几乎每天吃野菜，拉出来的都是绿稀便。

父亲胆量特别大。过去，我们那个地方狼特别多，父亲能讲出很多关于狼的故事。据父亲讲，一次他出远门，返回时天已很晚了，路上遇到了一只狼。狼就跟在他的后边，他向前走，狼也跟着走，他站住了，狼停下来。两者对峙，狼目透凶光，一直跟他到家门口。父亲进了院门，狼也结束了尾随。父亲讲，遇到狼千万不能跑，跑表示胆小懦弱，狼趁机会向你发起进攻，聪明的办法就是与狼周旋。狼也很聪明，没有足够的把握它是不敢攻击人的。父亲还讲了另一次遇狼的事。也是夜里回家，途中遇上了狼。一开始是狼尾随着他，不一会儿，狼跑到父亲前面蹲在路中间，堵住他，父亲假装没看见，照样前进，狼却不进反退。过了一会儿，狼又跑到他的后边，继续跟着，再后来又跑到他前边。这样反复了几次，一直到家门口，父亲进家关门大吉。狼也是欺软怕硬的，父亲手中唯一的武器是不到两尺的"烟带锅"。不怕狼,对付狼要的是过硬的胆量。

渐渐地,我们兄妹几人都长大了,家里劳动力多了,父母的负担减轻了不少,生活较之以前也有了不同程度的改善,但仍然比较困难。改革开放前,家乡属于贫穷落后的地区,虽然每年农民都能交上销售粮,但到第二年春天还是需要吃返销粮,吃的返销粮比上交的销售粮还多。百姓的生活真正有起色还是在改革开放后,土地经过平整改造,加之肥料充足(化肥),产量大大提高,从过去亩产几十斤提高到上千斤。村里还划出部分土地种植苹果树,年景好时,家庭收入可达到几万元。住窑洞已成为过去,家家盖起了新房。几乎每家都有农用车,个别的家庭还购有小轿车。日子过得红红火火。

战争年代我参军入伍,父母思儿心切。父亲更是多方打探,一旦得到消息便追随部队到驻地来看我。记得那是1948年初,部队出征西府。天黑刚到宿营地,正在做饭时,父亲来了。我奇怪地问父亲,你怎么寻到这里的,他讲我有耳目。其实我们自己也不清楚部队的行动路线,可是用心的父亲就是能打探到部队的行踪,抓紧时间见上儿子一面。父亲到部队探亲,卫生部领导总是请父亲一块吃饭、拉家常、讲解时局,也介绍我的工作表现,与父亲非常亲切。离别时父亲总是鼓励我安心在部队好好工作。第二天天不亮,部队出发了,父亲也趁早回家。当天部队过泾河(距家四五十里路),遭遇到敌人的阻击。敌人飞机的轰炸声、两军对阵的枪炮声,震颤着父母的心。据讲母亲哭了一整天。为了我的安全,母亲还许了"愿",以保佑我的平安,直到20世纪90年代,母亲杀了头猪,终于还了这份"心愿"。

因为我是军人,家景贫困,多次得到政府部门的救济,大到给牛、碌碡,小到粮食经费等,这对我安心在部队工作是很大的鼓励。随着时间的推移,父亲的身体愈来愈差,每到冬天,老人家服用麻黄素、氨茶碱等缓解症状。我经常买这些药寄给他,为增强体质,还买过紫河车等,这些药对减轻症状起了一定的作用。但父亲积劳成疾,年老多病,最终因心肺综合征于 1972 年 1 月 12 日不幸去世,享年 71 岁。父亲病重期间,家里给我发过电报,因工作延误了几天。待我赶到家时已是晚上,父亲已于当天早上埋葬了。据兄弟们讲,父亲临终前,多次向窗外观望,就是盼望见儿子一面。我听了,心如刀割,上父亲坟墓前痛哭一场,每每想起此事都是痛心难忍。

3. 富家女子出嫁成穷人媳,勤劳支撑一家人

母亲是本省三原县西樾村人。三原县是平川,属于八百里秦川,土地肥沃,又得益于泾惠渠灌溉,盛产粮、棉、油,不缺吃不缺穿,人民生活比较富裕。淳化县虽与三原县是邻县,位于三原县西北方向,但属于高原沟壑地区,也称山区,土地瘠薄又缺水,人民生活贫苦。两县素有山里山外两重天之说。平原地区的人把山区人叫"北山狼"。地处三原县的姥爷家境当然比较好(新中国成立后评为富农)。姥爷有六七个子女,包括三个女儿。母亲最小,姥爷的前两个女儿都嫁在本县附近,唯其小女——我的母亲,远嫁给贫穷山区,两家相距 100 多里路程。我小时很难理解,一个富裕的家庭,为何把女儿特别是家中的小女儿远嫁到如此贫苦的山区?后来听人讲,爷辈有做生意的(多是大烟土),经常路过姥爷家歇脚,提起父亲的婚事,过去重男轻女,姥爷儿女也多,母亲不到 16 岁就出嫁到袁家。据母亲讲,她是步行进村子的。民国之前,女子都兴缠足,未裹足的女子被人取笑、瞧不起。但母亲却说,缠足有什么好处,走起路来东摇西摆,弱不禁风。这正是姥姥的开明之处,三个女儿都未裹足。到父亲家一看,哪是什么家呀!小院子有两个窑洞,杂草丛生,蒿子有一人多高,还有野兔窝。旧社会的婚姻价值观是"嫁鸡随鸡,嫁狗随狗","父母之命,媒妁之言"。母亲就这样嫁给了父亲。父亲因为有了媳妇,安下心来,过起了小日子。母亲是个能干的女子,聪明伶俐,勤劳勇敢,喜欢动脑筋。家

中因为有了这样好的贤内助,再依靠两人的辛勤劳动,够吃够穿,日子过得还行。后来孩子逐渐增加,我到八九岁时,已弟兄四人。当时地虽不少,但兄弟年幼,缺乏劳力,可人口增加,种粮缺少肥料,收成也不好,家境变得愈来愈贫困。

我的母亲

为解决穿衣,母亲学着纺纱织布。三原县是棉花产区,舅家种有棉花,母亲常去舅家要一点。舅家为敌占区,我们那里是解放区。距我们村南边第四个村子叫作官庄,是近百户人家的镇子。此镇以南是敌占区,北边是解放区,敌军在每个通道都设有关卡,称作封锁线,封锁很严格。从敌占区带棉花、布匹、火柴等生活用品,一律禁运。我记得 11 岁那年春节,父亲带我去舅家拜年,回家顺便带了十多个灯笼,过关卡被查,因过年禁运更严格。保安没收了灯笼不说,还要把我们送到淳化县公安局。公安局长叫梁干桥,是杀人不眨眼的魔王,相传几乎每天都有人死在他的屠刀下。我们真怕,赶快传叫家住附近村子的表哥,请他出面说情、出钱,终于放了我们。正逢年关,表哥请我们到他家做客,还没到家,保安又追了上来,说不行,必送淳化县公安局,我们又返回说情送钱,折腾了半天,好容易被释放,赶紧通过封锁线回家,我们父子俩都吓坏了。回家后将此事讲给母亲,母亲听了喜忧交加,直说我们父子俩命大。

带棉花通过封锁线,都是秘密冒险通过的,说严重点那是用生命换来的。母亲利用农闲,特别是晚上的时间纺线,黑着灯也能纺出棉线来。母亲不会织布,是将自己纺的棉线交给会织布的人家代织,对方收取一定的棉线作为酬劳。后来母亲觉得不划算,花工夫是小事,关键是棉花来之不易,于是她自己学着织布。织布不易,工序很多,浆线、拉线、上机、织布等等。为此,父亲找人做了一个土织布机。这样从纺纱到成布,全套技术都能完成了。这样的布称作粗布或土布,很结实耐穿。夏天穿白衣白裤,虽不耐脏但当地人都这么穿。到了冬天,就没人穿白色衣服了,既不耐赃又不好吸收阳光保暖,这就涉及染色的问题。中国是典型的农业大国,农民总是能够依靠自己的聪明才智和双手,维持和创造着自己的生活,实现自给自足。染布是用土办法,将老池(长期积蓄水的土坑或人工挖的蓄水池,供人、畜饮水用)水下的淤泥掏挖出来,平涂在布面上,放置一定的时间,再洗去淤泥,布就成了淡黑色;再把板蓝叶(当地有野生的)捣成泥,加水浸泡粗布再涂淤泥,布就成了灰蓝色,不用花钱就自行解决了从纺纱、织布到染色再成衣的问题,一个小农家庭就是一个小作坊。

北方人多以面食为主,很多面食需要发酵,叫做发面,使面食变得既松软又容易消化,发酵过程会产生酸,必须用碱中和。可是过去在农村我们从未听说过碱,而使用自己制作的灰水,是将自家种的荞麦秆烧成的灰分收集,将其装入柳条编织的箩筐中,堆成纺锤型,顶部留做成凹形小坑,以便加水,底部做一小出口,收接从上向下渗出的水,只要从上面小坑不断地补充水分,下面就会不停地流出灰水。最先流出和最后流出的(看颜色)弃去不要,怕混有杂质和浓度不够,收集中间的贮存备用,因为是用灰做成的,所以称作灰水,颜色呈深褐色,有股特殊气味。使用时完全凭经验,既是熟练的家庭主妇,蒸馍、烙饼等也要事先做小点面块,放入火中烧成验证,才能确定所加灰水是否合适。

后来我懂得了点小常识,用灰水洗头,头发会变得蓬松、舒展、光滑亮堂。

灰水也有毒性,听大人们说寻短见的人,喝灰水也照样可以丧命。

还有诸如榨油、制醋、磨豆腐等等,都是农家可以自行制作的。

还想说说过去我们那儿人洗衣服,是用皂荚,也叫皂角,是皂荚树上结出的一种果实,含有皂苷,碱性很强,洗衣时将其放在衣服污垢处,淋上水,用一种木制的棒槌捶打,就有泡沫产生,再经过挫揉、漂洗,衣服会洗的干干净净。

也听说过城里人用"洋碱"洗衣服(实际是肥皂),说的很神,只要洋碱往脏处一摸,衣服就会变得干干净净,可是从未见过。后来到城市,看人家洗衣服,可不是像传说的那么悬。

啰嗦这些,无非想说明,过去中国是一个农业大国,他们依靠自己的勤劳和智慧,自产自销,自给自足,生生不息,繁衍成长发展壮大。

每当到了春天,粮食不够吃,母亲一大早就要去摘苜蓿(农家种的一种喂牲口的草)和挖野菜,回家后将其洗净,再和上玉米面或粗面粉,混合在一起,和稀一点,煮熟成菜糊糊,稠一些的,蒸成菜饼,这就是早饭,多一点就是一天的饭。春季吃粮多是用高利贷借来的,一直到夏季收了麦子后,吃饭问题才能得到缓解。所以就有"借着吃打着还,跟着碌碡过个年"的谚语。

中国的农民老实淳朴、勤劳勇敢,吃苦耐劳,西北的农民还带了一份憨厚和本分。父母都是大字不识的农民。他们常对我们兄弟几个说,人穷志不能穷,可以要着吃,不能抢更不能偷着吃,要着吃,是因为穷,抢、偷那是另一回事。做人要正直,遇事一定要讲道理,说话要和蔼,办事要公道。他们对儿女的管教也很严格。如走路时低头弯腰、脚跟拖踏着,像个老头子那样走,吃饭时嘴吧嗒吧嗒作响、说话时鼻音过重等等,老人家都要教训一番,说人吃饭不能像猪吃食一样,吧嗒吧嗒作声;说话嗡嗡声太重,像捂着鼻子在水缸里说话,人家听不清,等等。一个农民家庭,对他的儿女能如此这般教养,可见中华民族5000年历史文化沉积多么浑厚。

　　二老对粮食倍加爱惜。收麦打场,他们看到掉在打麦场上的麦粒,面向黄土背朝天,忍受着太阳的炽灼,赤红的臂背汗流如注,田间辛勤劳作的成果,不能轻易丢失,于是他们总是一粒一粒捡回掉在地上的麦粒,生怕遗漏了一颗。就这样辛辛苦苦一年,仍然饭吃不饱。可想农民对粮食的珍惜,正是"谁知盘中餐,粒粒皆辛苦"。在家吃饭,吃完了饭的碗,父亲还要把碗舔一遍,凡是掉在炕上的饭菜

父母亲合影

(西北人吃饭大都在炕上),都要捡回吃了。这个传统,我一直坚持,孩子掉在桌子上的饭菜,都得拣回吃了。我们家几乎没有隔天剩菜饭,从不将剩饭菜倒掉。有时中午饭菜做得多了,或者不可口有剩余的,晚饭做成泡饭或煮面条,将所有剩饭、菜加入,一锅煮,好赖大家都得吃,吃个精光。现在人们生活富裕了,不少人将剩菜剩饭倒掉。据报道,每年全国浪费的粮食够两亿人吃一年,多么触目惊心呀!现在孩子成家立业,独立门户,优良家传可能就在这一代人给断档了。

　　母亲还懂得不少防治病知识,她是一位优秀的"护士"。20世纪30年代,我十岁左右。我们那儿流行了一场麻疹(我们管它叫麸子病,出现在皮肤上的疹子像麦麸子样)。疾病来势凶猛。先是发烧,接着就是皮肤出疹子,高烧不退,如果得不到及时治疗或者良好的护理,几天后就会死去。全村十岁左右以下的孩子,大多数都未逃过此灾,全村人心惶惶,

整天听到哭声不断,令人恐惧不安。我们家四个孩子,最小的四弟症状比较轻,我最大,症状比较重,高烧不退,母亲整天守在我的身旁,只让我躺着,催我喝水,连院子都不准出去。大约十多天后,我的症状逐渐减轻,就这样我们弟兄几个逃脱了一劫。后来人们都说我家孩子命大,用现在的眼光看,还是母亲精心护理的结果。

1989 年,我患了痢疾,病未愈去兰州参加学术会议,路过西安顺便探家。九月份,正是西瓜上市的季节,兄弟们买了西瓜,我说拉痢疾不敢吃,母亲听了说,正是要吃西瓜,拉痢疾是热性病,西瓜是凉性的,更应该吃。于是我大胆地吃,症状真有所缓解,我自愧一个药师不如农家母亲。自给自足的生产模式,教给农民必要的防病治病的知识,所以中华民族繁衍昌盛、兴旺发达。

母亲曾多次来京帮我们带孩子。上世纪 60 年代初,正逢困难时期,物质匮乏。单位组织打树叶、培养小球藻,以补充主食不足。我们四个人的标准五个人吃,常常吃不饱。母亲去菜市场,拣菜场扔掉的烂菜叶子(现在菜场扔掉的烂叶子比过去买的还好),做成菜疙瘩或菜饼,以补充主食的不足。

那时候,外地人进京居住是很困难的,三天两头查,加之生活困难,我们只好让母亲带一岁多的女儿回老家。这给家里与母亲增加不少困难,孩子又不适应,常生病,两岁时我们又把她接回来送托儿所了。由于祖孙情感,初送托儿所时,女儿整天哭闹,奶奶想孙女,老是跑到墙头去看,结果奶奶在墙外哭,孙女在院内哭。小女儿四岁因病住院,不让陪住,还是奶奶窗外哭,孙女病床上哭。娘呀!您为儿遮风挡雨,还要为孙儿操心流泪,您为儿孙付出的太多太多,操尽了心,流干了眼泪,儿孙为您却做的太少太少。娘,孩儿经常想念着您,梦中常常见到您,您永远活在儿子心中。

在乡下,老人活着儿女们不一定孝顺,但老人去世,都大搞排场宴请。我觉得这是搞形式主义,劳民伤财。于是和母亲商量,在她 80 大寿时,我们儿女给她庆寿，但过世后一切从简。老人喜欢热闹，高兴地同意了。1993年逢母亲80大寿，我专程回家给母亲祝寿。兄弟们商量，寿宴应既勤俭又热闹，不铺张不浪费，过个让母亲满意的寿日，决定请两位吹鼓手，邀请左邻右舍及亲戚参加。祝寿的议程一是奏乐；二是儿孙致祝寿词；三是亲友致祝寿词；四是给母亲献上长寿面；五是母亲讲话；六是聚餐。热闹了多半天，村民反映很好，母亲也非常满意。劳累了一生到耄耋之年的母亲，面色红润，精神爽朗，思路清晰，声音洪亮，身体无大毛病，只是听力有些下降。我对母亲讲，爱护好自己的身子骨，多加保重，到90岁，我们还给您过大寿，比这次还要热闹。谁料1996年，母亲年迈多病，加之心情不畅，一蹶不振，卧床不起，救治无效而撒手人寰，享年83岁。

母亲病重时，兄弟们给我发了电报，待我接到电报，整整过去了7天。我赶紧买火车票，第二天晚上赶到家，母亲已在头天入葬。我心如刀割，号哭一场。兄弟们讲，母亲病重时总是喃喃自语，兴不会回来了。听罢，我更加痛苦。狠心的邮寄人员，

兄妹合影于一九五六年十二月

延误了投递时间，害我迟迟不能归，必然会引起母亲忧心忡忡。第二天，我上坟给母亲烧纸谢罪。到现在想起此事，我仍是泪往心里流。

4. 命运多舛，四弟小妹英年早逝

家中我为老大，勉强念了几年书，二弟只好在家劳动，他是主力。由于患上鼻窦癌，于2000年去世，年仅64岁。三弟初中毕业，考上中专，学

农艺,一直工作到退休。四弟理所当然在家劳动,他没有念过书,但很聪明。据说农业社时,大队工分算不清,请他帮忙。他在地上摆出不少小柴棍,来回移动,终于算出了每人所得的工分,在场的人无不佩服。他自学木工,20世纪80年代来北京给我做了几件木质家具,到现在我们还用着他做的沙发床。1982年,四弟帮人打窑洞时,由于土方坍塌而丧命,年仅42岁。五弟按理应该读书,不知为何他留下来劳动,而六弟念了书,医校进修学成,现在家乡医院工作。妹妹应排行老五,农村一般对女的不排序,她是我们晚辈中唯一的女性,聪明伶俐,从小跟着别人学习绣花。过去我们那儿的姑娘大都会绣花,小脚女人都穿绣花鞋,小孩们都戴着绣花的裹肚,所以女孩从小都喜欢学绣花。她给我们绣的鞋垫非常漂亮,现在还用着。兄弟们都非常疼爱她,她也是母亲的好帮手。她后来嫁到邻村胡家庙,日子过得还不错。据说她患有克山病(过世后诊断的),1982年一次早饭后,前脚刚迈出窑洞的门槛人就摔倒了,昏迷不醒,待送到十多里路的地段医院,由于延误了抢救时间而去世,年仅39岁。

二、我的童年

　　说到童年，我还是想先说说我们那里喂养婴儿的事。过去农村卫生条件都很差，妇女生产靠接生婆，产时只能在地上而不在炕上，以便于收拾。剪脐带是用普通剪刀，根本没有消毒概念，但很少听到有感染破伤风的问题。产妇一般都用母奶喂养婴儿，但母乳不够吃也是常有的事，养羊的家可用羊奶，但大多人家都是依据婴儿的月龄将小米磨成面粉或用麦面粉做成或稀或稠的糊糊进行喂养。小米营养丰富，很养人。大约到了半岁之后，特别是农忙季节，妇女也是要下地劳动的，只好把孩子放在家里炕上，定时返家喂奶。如果孩子到一岁左右，会爬行和翻身，为了防止孩子从炕上摔下，就在炕的最里边的墙上，钉上一个木楔（也有用大点铁钉的），用绳子将孩子拴在木楔上。绳子的长短视孩子不能够到炕的边缘为止。绳是棉布做的，捆在孩子的腰部，伤不着皮肉。如果家里有大点的孩子，那就让老大看老二，老二看老三，以此类推。孩子拉屎撒尿，随其自然，常常是待大人返家，小孩屁股、身上到处是粪便，多是用柴草拭擦，再用尿布擦净，很少用水洗（缺水）。大孩看小孩，两个人玩耍的时间一长都睡着了是常事。一般大人不带小孩上地头，因为狼很多，农忙季节常有狼伤害孩子的事。这是过去我们西北大多农民育儿的过程。中国多数地区大概也是这样，看是艰难，实是无奈。中国农民就是在这样的环境中繁衍生息着。

我的童年是在贫穷、饥饿、疾病折磨中度过的。小时候的我也很调皮,喜欢恶作剧。

1. 疾病不断,受尽折磨

我隐隐约约记得自己两三岁时,患有"秃疮病"。头皮痒了用手搔,搔得多了还流血,用过很多土办法都无效。后来父亲去赶集,买了点绿颜色的东西加上菜籽油,混合成油膏,每天涂抹。油膏涂上后有止痒作用,后来秃疮慢慢地好起来,过了很长时间,秃头上竟长出了乌黑的头发,秃疮就这样治好了。很遗憾,我一直没有问过父母亲,我是如何得的秃疮,是什么东西治好我的秃疮。等我想知道时已经晚了,当然此病现在极少见了。

大约四五岁时,我患上了疟疾(农民叫打摆子)。上午浑身先发冷,躺在热炕上,盖上几床棉被子还发抖。冷过之后就是高烧,非常难受。高烧之后,感觉正常,什么事也没有了。隔上一天就又发作了,症状同前,持续几个月后,不治自愈,到来年夏秋之际又发作。就这样持续了好几年。我记得父亲讲,集市上有一种叫"奎宁"的药,专治疟疾,但价钱太贵,买不起,我就这样硬"抗着",还真是抗过来了。疟疾持续多年之后,居然自愈了。

五六岁时,我的四肢和臀部不断长疖子,小的有枣那么大,大的如鸡蛋,右臀部肿胀的有馒头那么大,然后化脓,非常疼痛。这块好了,别处又生长出来了,开始我还能忍耐,后来就不行了,每出现一个,我就大哭。到底生长了多少个,记不清了,少说也有二三十个。母亲采用农村流行的土办法为我治疖子,每天早晨用自家鸡拉的又臭又稀的褐色鸡屎涂在小块布上,再粘贴在疖子上,据说有消肿、助化脓之效。疖子化了脓肿胀得更厉害,脓流不出来更疼,母亲就用小刀割开一个小口,再用手使劲压挤才能将脓排出,压挤时疼得钻心。至今身上还留有好几块疤痕。现在医学是开刀,不允许对脓疱进行挤压。但在贫穷落后的农村又有什么办法呢?只能忍着。现在回想,疖子一个接一个地生长,其实就是皮肤感染,洗澡清洁皮肤,可以防止再感染。农村再缺水,为了治病,烧点热水洗个澡还是可以办到的。可惜没人知道这些卫生知识。现在生了疖子,早点涂抹碘酊,可抑制其生长。那时家里哪有碘酊,只能硬抗着。

大约七岁时,也是夏秋之交,我患上了痢疾,可能是喝了不洁之水招上的祸。为了解决吃水问题,全村在近路边挖了几个蓄水池(叫老池),靠夏秋下雨积水。池子虽是人畜分开的,但在露天,人畜来往,人用水池的旁边就是牛羊粪便,眼看着牛羊在此拉粪便,那也得取水用呀!取回的水通常用明矾沉淀之后,再做生活用水,有时渴极了,回家拿起水瓢就喝,所以夏秋季感染上痢疾是常见的事。

黄土高原,吃水是非常困难的。每年逢雨季,在打麦场(比较清洁)边挖个水坑,积蓄点雨水,供人畜用,吃一顿算一顿。冬天和春天吃水我们采取两种办法解决,一是大伯父在自家麦场旁边,挖了一口贮水窖,靠下雨积水,麦场容易收储到比较清洁的水。窖底容易积泥,每年都得掏泥,大伙多去帮忙,为的是能吃到水。二是我们村东边有条深沟,叫"姜源河",距家有十多里路,水虽不多但细水长流,供两岸人畜用水。有牲口的人家,大多去沟里驮水,但路远坡陡,人工挑水是很困难的,只能用牲口驮。

我家老邻居有一口水井,他家人口多,水又不旺盛,供他们家人使用都有问题。但他们掏井时(掏取井下的淤泥),父亲下井帮忙,在不影响他们用水情况下,也常到他们家打些井水。

另外,胡家庙距北袁村三四里路,他们那个地段打水井,很容易打出水来,几乎家家都有水井。父亲有时就到胡家庙找关系好的人家挑水或驮水吃。总之,除了吃粮,吃水是最困难最发愁的事情。20世纪80年代,国家投资在胡家庙打了一口大机井,解决了周围村子的吃水问题。21世纪初,国家投资又在北袁村打了一口机井,水管通到村里每户人家,每户人家都用上了自来水,子孙们再也不为吃水发愁了。但高原干旱,这仅仅是解决了饮用水问题,要解决农业用水问题,还有待时日!

上完小(又称高小,是初级小学高年级)的时候我是住校的。二年级时,我的班主任让我和他住在一起。我觉得和老师住自由些,可不按时熄灯,多看一会书,便同意了。哪知这位老师患有疥疮,没多久,我就被传染上了。手指、手腕、两大腿内侧成丘疹状,刺痒,搔痒厉害时出血,严重的时候还会流脓,真烦人。没办法,只好休学回家。我和母亲住在一起,不久母亲也感染上了。不知父亲从那里打听到,用黑豆蒸馏的油可以治疗。于是父亲想办法,自行制作。原材料自家是有的,如黑豆、谷糠、曲颈瓶(可用装油的瓷瓶替代)等。制作过程是这样的:先在地上挖一个大小合适的坑,再用土坯砌成灶状,盖在上面的土坯中间,打一个适合瓶颈通过的洞,将装满黑豆的瓷瓶,倒放入土坯洞中,瓶口用脱了粒的玉米棒子堵上,中间插入一根管子,在管子下边放一个碗,收集蒸馏出来的油。然后在瓷瓶子的周围堆上四五厘米厚的谷糠,从外围将谷糠点燃(谷糠不会起火),慢慢地煨着,大约不到两天工夫,谷糠燃尽,待凉后,扒开谷灰,挪开瓶子,下面的碗里就是黑油油带有特异臭味的黑豆馏油了。使用时将其涂抹于患处,再用谷子秆烧火烘烤,一边烤一边用手搓抹,既痒痒又舒服。大约用了个把月时间,病被完全治愈了,全家人非常高兴。

疥疮是治好了,但用了大半个学期的时间,旷课太多,难以补上。期末考试,我从过去考试排名前10名左右下降到倒数两三名。别提当时我心里有多难受了,真是欲哭无泪。

十几岁前的我一直与疾病相伴,如前所述,十岁时得过麻疹,虽然都很痛苦,但在父母亲精心护理下,我每次都得已痊愈。忆往昔,疾苦缠身,痛不堪言;看今朝,性静情逸,苦尽甘来,感慨万千,要珍惜我们现在的美好生活啊。

2. 家贫勉强上学,有时干出傻事

在我八九岁时,是否上学读书成为家中最难抉择的问题。印象中,父母常常盘坐在炕头上,在油灯下长时间地认真讨论着。一种意见是在家劳动。此时我已是半个劳动力了,可以做一些力所能及的零星活,如砍柴、割草、喂牛、拉土、垫圈、帮母亲烧火做饭等,依然是父母的帮手。第二种意见是给有钱人当长工——放羊。对贫苦的家庭来说,放羊虽然挣不了几个钱,但可减少一个人的口粮。第三种意见是上学念书。一个连饭都吃不饱的家庭,还要供孩子去上学? 那时我们弟兄三四个了,我是老大,是长子,这么多的孩子,应该有读书的人。经过反复斟酌,父母最终还是同意让我去上学! 对于一个贫困的家庭,对于二位目不识丁的普通农民,能够做出这样的选择不知需要多大的勇气与智慧! 正是父母当初的决定改变了我以后的人生轨迹。

我们那里是老解放区,处于敌我边缘地带,局势呈拉锯状,但主要还是人民政府管理着。上小学我们主要负担自己的书、笔、墨、纸张等费用,并管老师吃饭,上学的孩子家轮流着,学费出得很少。

我还隐约记得,上学第一课学的是"火、火,东洋鬼子放的火"。第二课是"血、血,中国人民流的血",每课的页面都有插图。在解放区读书,从入学第一堂课就开始进行爱国主义教育,令我印象深刻,也影响着我的一生。贫寒家境成就了我在学习上的刻苦用功。那时念书都得背书,每课都得背下来,背书通常都是早上,学生走到老师房间,将要背的课文朝上,用双手递上,放在老师的书桌上,向老师九十度鞠躬,再向后转,背朝老师,然后开始背。通常课下背得很流畅,可是一到老师那里有时就"卡壳"。如遇上老师心情不好,抬手就会给一个耳光,甚至左右开弓,打得身子趔趄,耳膜吱吱作响。更甚者,是要打板子的。老师有准备好的用木

料做成的五六厘米宽、半厘米厚、三四十厘米长的木板子。打板子时学生面向老师,伸出手,老师专打手掌。轻者打一个手,重者两只手轮换着打,老师来情绪时,能把手都给打肿了。当然这是对付多次背不下课文或太调皮的学生。虽属解放区,但教育还是旧式的,学校仍然是旧的教育制度,老师也都是在旧的教育体制下培养的,老师打学生理直气壮,家长也很支持。《三字经》有"养不教,父之过,教不严,师之惰"之说,打也被认为是严教的一种手段。我因背书挨打并不多,还是因调皮挨打得比较多。

有次老师家有事外出,几天不在校。我们大闹教室,搭台"唱戏",把教室搞得乱七八糟。有一天教师突然回来进了教室,这下我们可傻了眼。教师看到教室搞得乱七八糟,便问谁带头干的,大家都不吭气。老师严厉地说,不说,都得打30大板。这时旁边的一个同学指了指我,老师可没客气,叫我走到前边去,取来板子,让我伸出手照着就打,一打就是几十下,这次真把手给打肿了,非常疼。回家干活时手痛,母亲问怎么回事,我说老师打的,母亲笑笑,啥也不问了。家长一般都认为,老师打学生,天经地义。当时还有一个口头禅,"三天不打,上房揭瓦",仿佛学生天生就是挨老师打的。

因家穷,用笔墨纸张很困难。我向父亲要,他不吭声,不是不给买,实在是没有钱,为此,要一次哭一次。有时母亲用鸡蛋换(村里常来货郎)一点纸什么的,多少能解决点困难。我常常为此发愁。小学主要是读书和写字,小字是记日记和写作文,大字是仿写,老师在打成格子的仿纸上写成标准字,学生将老师的字放在自己的仿纸下,照着临摹,每天1到2张,写好后交给老师批改。写得好的,老师用红笔勾上圆圈,我们叫吃"鸡蛋",写得愈好吃的"鸡蛋"愈多,差的、错的字被老师用红笔打上叉或直接纠错。老师批改过的作业纸,学生还可在空隙处继续练字。因缺乏纸张,一张仿纸不知要被我练多少遍字,一张仿纸最后全被写成黑纸了,一支毛笔写成秃笔,直到不能再用了,我才肯罢休。用过的日记本、作文本都是我拿来练字的好纸张。离休后我学习书画，因有过去的基础，技能的掌握就容易些，学得就快一些。

因家境贫寒，穿衣也很节制，大人穿破了的衣服，修修补补改为小孩穿，老大穿了老二穿，再给老三穿。常言道"新三年，旧三年，缝缝补补又三年"，真实反映了农村过去节衣缩食的境况。11 岁前，为了节省衣服，每年夏季天一热，母亲就"命令"我们弟兄几个脱掉裤子。小弟本来就光着屁股，不在乎，我年龄已不小了，很不愿意，父亲在旁边帮腔，不愿意也得愿意。母命难违，弟兄几个都得光着屁股过夏天。为了保护肚脐，怕肚子受凉，过去小孩胸前都挂个裹肚，我将裹肚带子放得长长的，裹肚就会耷拉在屁股前，可以遮丑。到了村子里，爷辈见了我这个样子笑闹一阵，侄子见了一笑而过，可是见了侄媳妇，真是难以抬头，只好低头遮面而过，羞辱至极。

上小学时我好奇、贪玩、喜欢恶作剧，干过一些错事坏事。所谓好奇，就是什么事都想看看。村里有婚丧事，从头看到尾，哪里热闹哪里去，总觉得什么都新鲜。有时也异想天开。大约六七岁时，母亲让我磨面粉（由牛拉磨），磨麦子应是边磨边过箩，磨一遍箩一遍，前后不能混合。我偷懒，把第一遍应过箩的磨粉不过箩，直接倒入磨上边待磨的麦子里，与原麦子混在一起磨。没一会儿，母亲回来了，发现后并没有发脾气，而是对我讲了一番道理；磨粉和原麦子不能混在一起磨，因颗粒大小不一样，小的接触不到磨盘，况且还影响到麦粒不易磨碎，更加费事等等，母亲又把我磨的混合物重新过箩，再磨，我想图省事反倒费了工夫。

大约也是这年，春节前夕，母亲为过年给家人做了点黄酒。方法是将黄米煮熟，放凉与酒粬混合好，装入带有盖子的瓷罐中，然后用泥巴糊住罐口，密封保存，过一定时间，就会发酵成黄酒。没多久，我趁母亲不在家，悄悄将罐子打开，想偷着吃。一尝味不对，赶紧又用泥巴糊上。小孩糊泥巴，哪能如旧，当然被母亲发现了。母亲发脾气用扫把揍我，我腿脚快,赶紧跑开了,没打着。

五伯父是后来搬过来与我家为邻的新邻居,他有两个儿子都长大了,是我的兄长,还没有成家。按我们那儿乡俗,管五伯母叫五妈,五妈特别喜欢我,她会编织草帽,有年夏天老人家为我特地做了一顶草帽,这是我参军前戴过唯一的一顶帽子。

我经常去他们家玩,要碰上她家吃饭,总是给我一个馍吃。到五伯父家很自由,到处看到处翻。大约小学三年级,看到他们家有一副红对联,老放在麦囤子上,落有一层灰尘。我想着用它来练字多好呀,于是悄悄拿刀(实际上是偷),裁成小块,瞎画一气。纸包不住火,我的劣迹很快被发现,父母也知道了。一天晚上放学回家,父亲很严厉地盘问我,两句话还没说完,父亲脱下鞋子就揍,我向外跑,父亲一直追到洞子门口(即院子大门),把我狠揍了一顿。我跑到窑背上哭泣,五伯父听到我的哭声,连忙把我接到他家住了一宿。五伯父和伯母从来没有责怪过我。在记忆中,父亲极少打我,这是记忆中唯一的一次狠揍。但兄弟们都怕他,他在家中一言九鼎,没人敢和父亲顶嘴。母亲解释说这就是严父慈母嘛。

二伯父家是个很可怜的家庭,二伯母早年去世,留下一个哑巴男孩,我称他哥。二伯父家境还算过得去,娶了个儿媳妇患有癫痫病(农村称羊角风),我叫她嫂子。她经常发病,很痛苦,母亲常去看她。我上学路过她家门口,遇到她家做了什么好吃的,她总是喊我(我们村子大妈、嫂子都很喜欢我,有这个喊吃的习惯)去吃。她家大门口老是光秃秃的,有一年二伯父好容易在大门前栽了一株大约有胳膊粗、两三米高的柳树,长势很好。我十一二岁时,与另一位同学,用锯子从低处将其锯成两截,怕被人发现,还留了一点皮,不让它马上断成两截,只等风吹断。几天过后,风并没有把它刮断,我们就站到较远的地方,用土块瞄着树干打,终于把树干断成了两截,见"大功告成",我们就赶快跑了。事后,我估计二伯父是知道了,既没找过我父母,也没有责问过我。每当想起这件事,我都懊悔至极,自己当年真够调皮捣蛋的。

还有一件事,我记忆犹新。老师轮着到学生家里吃饭,但早饭老师是不愿意去学生家里吃的,由学生上学时带去,一般是小米粥、酸菜和两个馍。因老师脾气不好,爱发火,动不动就打人,我们都恨他。我建议在带的粥里放脏东西治一治他。同学说不敢,老师吃出味来,这还了得!但什么都不放又觉得不解气,于是我抓了一小撮"土末"撒在粥里。好歹老师没有吃出味来,庆幸。

回顾往事,自己干了一些傻事、坏事,真是懊悔不及,写出来算是忏悔吧。

啰唆了这么多,无非想说明小孩子天生爱玩、好奇、好恶作剧,有时还存有报复性。现在青少年犯罪率很高,教育是关键。从幼儿、从小学到高中,应设立伦理道德、品行修养、是非鉴辨、情操培养等课程。和语文数学一样,从入学到高中,道德教育不要间断,让孩子知道什么是好什么是坏,什么可以干,什么不可以干,懂道理,明是非。教育是个系统工程,家庭、学校、社会要共同承担起责任来。社会风气也很重要,一个良好的社会风气,应能起到潜移默化的作用。青少年教育是大事,多方面共同努力,效果会更好。

3. 战争年代上完小,学习战备两不误

20世纪四五十年代,赤水市只有一个完小,设在县政府所在地——马家山。小学毕业经考试合格后,就可以上完小(属初小高级班,又称高小)。我大概12岁,是北袁村小学(包括南袁、岳家坡和本村,校址在北袁村)唯一一个考上完小的。马家山距离敌占区不到20里路,因是县政府所在地,安全方面没有问题。我家离马家山30多里路,单行要翻越两条深沟。解放区注重教育,收费不多(记不清收多少),但书本学习用具等费用还需自己出钱。关于吃饭问题,学校规定每个人每学期交一定数

量的面粉(和标准粉差不多)和小米,菜钱交的不多,有炊事员做饭,统一
起伙。大锅饭随便吃,吃饱没问题,但说不上好,还赶不上现在城市建设
者的饭菜。教室和宿舍全是窑洞,学校有个篮球场,还有一个不错的秋千
架,除此之外无其他活动器材。早操和体育课主要是跑步。学校约有二
三百名学生,三个年级(记忆中完小学习三年),多个班次,每周学习六
天,每天上午四小时,下午两小时共六个小时的课程,下午余下两小时加
上晚上两小时,是自习时间。周六下午上完课,可请假回家,周日晚饭前
必须返校。完小课目有语文、算术、政治、历史、地理、体育、音乐等。语文
课多是毛泽东著作,如《中国革命与中国共产党》中的部分章节以及《纪
念白求恩》等,还有一些杂文,几乎没有历代诗文。政治内容也很丰富,
如毛泽东的《论持久战》《新民主主义论》的有关内容,共产党员六条标准
(50 年代改为八条)以及当时的一些时事政策等。学校施行军事化管理,
早上六时起床,集合出操半个小时,然后洗脸(不记得有刷牙)吃饭,七点
半准时上课(冬季大概错后半小时)。如迟到,要在教室门口先报告,待
老师允许后方可入室就座。周日晚上全校点名,由校长或教务主任讲一
周来学校情况以及各班学习状况,有时也讲边境发生的问题,以及生活中
的注意事项等。

　　睡觉一个班一个窑洞。进门一侧就是炕,从门口到窑底,大约占了窑
洞面积的四分之三,10 多人一个班挨着睡。秋、冬、春季是要烧炕的,大
部分学生的铺盖都比较单薄,只有一条羊毛毡铺在炕上,毛毡既保暖又防
潮,再有一床被子,好一点的家庭才有褥子。烧炕的柴火是全校教师、员
工和学生们一起去打割的。每年到秋末时节,柴草快枯干时,停课 7 到
10 天,全校出动到 10 多里外的山沟里头割柴草(近处老百姓都割了)。
大部分人割,少部分人运送,中午饭自己带上馍和水,中间没有休息,每天
得干 10 多个小时,很累,但为了不睡冷炕,大家都累得高兴。所割的柴草
足以保证取暖所用,宁可多些不可短缺。割回来的柴草晒干后,按窑洞顺

序垛成摞。一摞一摞的柴火成了学校一道风景线。夜幕降临,各班值班的就去烧炕,待同学们自习完返回时,宿舍暖烘烘的,在教室冻僵了的手脚回到宿舍得到温暖的抚慰,感觉真是舒服。

据我回忆,那个年代教室没有取暖设备,教室窑洞门窗都朝阳向南,有阳光直射窑内,窑洞暖洋洋的。真正寒冷的隆冬季节学校就放假了,所以冬天不用取暖。

大概在二年级时(1943—1944年),边区(解放区简称)响应政府号召,"自力更生,丰衣足食",学校组织学生纺纱,配发了棉花和纺车。三五个人一个组,政府派专人来教,时间安排在自习时间。我在家跟母亲学过纺纱,虽技术不够熟练,成线没问题。此事持续了数月,终因我们学生纺的线粗细、松紧都不一样,很难上机织布而终止了。

从上完小第一年起,每年放寒假,都布置有任务,回村后组织全村儿童甚至青年扭秧歌,配合村里的领导活跃春节农村文化生活。放假前学校抽出一定时间,学练扭秧歌。扭秧歌学起来快,但队形变化比较多,必须牢记,回村得组织大家学。歌曲是现成的,如《拥军歌》《东方红》《高楼万丈平地起》等。锣鼓不用特别准备,农村都有现成的,因为农村春节期间都要耍"社火",有一帮敲锣打鼓的人。回村组织大家扭秧歌,并不费劲,农闲季节,有的青年自愿参加,一个村能组成20多人的秧歌队。我也积极参加村子的"社火"队,感到热闹好玩。那时"社火"有两种,一是白天演的叫"车亭子",是用一种特制的铁制道具(也可用犁地的犁杆代替),固定在农用车上(车是用牛拉的,牛老实,驴、骡容易受惊恐,怕出事故)。经过整理、装饰,站在车上的人支撑着铁制花枝,在枝头上站一个或两个人(多是小孩扮演),他们进行化妆,穿着戏装,腿不能随便动,手可摆动以示所表达的内容,下边支撑的人也有表情,看着非常惊险。"车亭子"所反映的也是历史戏主题,双人的有《西厢记》中的张生与莺莺,还有《梁山伯与祝英台》等,一个人的有《花木兰》等。"车亭子"一般由两到三辆车组成，被拉着到各家场院转悠两圈，真是惟妙惟肖，甚为好看。还有一种是晚上演出的"社火"，是依据历史戏剧中的一些武斗场面设计而成的。表演的人穿上戏装，用刀、矛、盾以及棍棒等作为道具，表现出各种异样的武打动作，并喷放火焰等，锣鼓等器乐紧密配合，增强效果。人们打着灯笼尾随着到各家院子里观看，非常热闹。当然，我们的秧歌队和"社火"队同时轮换演出，有时也到邻村相互进行表演，可惜，这些民间传统艺术，现在已经失传了。

1945年前后，根据政府要求，学校高年级班组成宣传队到农村去做宣传鼓动工作，利用演讲、说快板、演戏、活报剧等形式宣传党的政策和主张，支援前线。

日本投降后，国民党大肆向边区进攻。为反击进攻，学校响应政府号召，发动学生制造石头地雷。学生利用课余时间，有时也用上课时间，将民兵运来的石头分给各班，并发有钎、钻头和斧头，为石头打洞。由民兵指导，根据石头的形状和大小，提出洞口的直径、深度及内径的大小，由我们进行打造，打好后交民兵验收。为了让大家看到自己的劳动成果，以振奋精神，民兵将打好的石块装上炸药和雷管，制造成石头地雷，运到校外空地做实验，爆炸效果相当好。大家看后干劲更大了，情绪更高了，学校简直成了石料加工厂，同学们干得热火朝天，为此政府还表扬了我们学校。直到1946年，国民党更疯狂地向边区发动进攻，县政府所在地——马家山成为敌人进攻的主要目标。我们学校转移到陕甘宁边区关中军分区所在地——马栏。大约一百多里路程，我们走了两三天，晚上住在兵站。行进的路上，与我们并进的是用担架抬着的伤病员，他们是前线受伤送到后方治疗的。可能多是重伤，伤员们发出痛苦的呻吟，我们非常同情这些伤员。到了马栏，我们住在军分区大礼堂，同时还住有解放军。同学们亲眼目睹解放军纪律严明、服从命令听指挥的场面，受到很大教育。没有多久，敌人被打退了，我们又回到了学校。学校在战火中遭到严重破坏,桌椅板凳当柴火烧了,门窗用作了"工事"。虽然敌军被击退,但局势更加紧张,国民党大肆围剿,人心惶惶。全县搞"坚壁清野",掩埋粮食,转移物资、牲口等,进入战备状态。我们毕业班未进行毕业考试就放假了,学校受政府指示,毕业班有些同学被分配工作,有几个同学被分配到政府部门工作,我、任新明、姚明娃,还有一个实在想不起姓名的同学被分配参了军,由县武装部派人直接送往军分区所在地——马栏。情况紧急,参军的事情未能告诉家人。家里许久没有我的音信,父母急坏了。半年后,我才有机会让家乡人捎回了口信,告知家人我在部队一切平安。

4. 路途遇狼脱了险,遭遇诬陷难解脱

前面讲了父亲遇狼的故事。我们地区过去狼特别的多,小时候常遇到,虽不像父亲遇狼那么惊险,但也非常吓人。一次大约是 10 岁左右,三四月份,麦子长得很高了。下午放学还早,我独自一个人回家,不知在想什么,低着头走在村西与村东拐弯无人居住处,居然和一只灰狼碰了个满怀。我吓坏了,转身往回跑,狼也可能正在瞎转悠,突然遇上了人,受惊,也调头往回跑。我跑回村子,遇上了邻居大哥从村东头回家。我讲了刚才遇狼的事,他说咱们快走,狼转过神来,可能还等着你哩。正如他所说,当我们走到拐弯深处,大喊了几声,狼突然从麦地里蹿出,仓皇逃走。大哥说好险呀!要是你一个小娃遇上饿狼,一定会遭到狼的突然袭击的。

还有一次,我大概十二三岁,放寒假,我带着二弟去深山打柴。来回四五十里,路途较远。因为怕狼,我们去时常带着邻居的狗以壮胆。有一次返回时太阳快要落山了,二弟背着柴走在前边,我挑着柴走在后边。走到离家不到半里路的深渠边,我突然发现西涧边尘土飞扬,一只体型很大的土黄色狼向我们奔驰而来。说时迟那时快,狼已到了眼前,距离我们不过两米,狼前腿伸出趴在地上,后腿蹬地弓起后臀,摆出冲扑的架势,堵在小路中间,狼浑身的毛竖立着,眼睛血红,龇牙咧嘴。我赶紧把二弟拉到我的

身后，我们呼喊着，让狗攻击狼，当狗摆出架式狼就龇牙，狗也不敢向前，只能在旁边对峙着，即使这样，狗还是给我们壮了胆。相持了片刻，就在这千钧一发之际，邻居爷爷赶集回家，路过此处，见状大声呼喊，把狼赶走了。但狼跑的并不快，爷爷说可能是只饿狼，没有大人它会向你们下口的。庆幸遇上了大人，免遭狼的袭击。我小的时候放过羊，多次碰到狼袭击羊群的事。当羊群遭遇到狼袭击时，羊群总是抱团，拥挤在一起，毫无抵御能力，更容易给狼造成撕咬的条件和机会，少则咬死一只，多则两三只。对小点的羊特别是羊羔，狼咬着它们的脖子，叼着逃之夭夭，场面真是惊心动魄。放羊人也常常带着狗，但内地的狗多是看家犬，非牧羊犬，野狼压根不把它放在眼里，狗只不过是为人壮胆而已。

在上完小三年级时，发生了两件事，都与我有关，直到现在都让我耿耿于怀，难以忘却。寒假结束就要开学了，我是我们班第一个到校的，晚上我将铺盖置于炕的靠窗的一侧，挨着窗户睡觉，后来的同学由外向里依次排列。正式开学了，早上要出早操，起床后大家都不用自个折叠被子，因为是通铺，这么多人没法一起叠被子，班上留一个值日生，由他负责叠被子并打扫卫生。按顺序我是第一个值日的。我站在炕上，先抖起被子再折叠。在叠被当中，有一小沓纸币掉在了地上，我未理睬。待叠完被子，我把掉在地上的钱原封未动捡起来，顺手放在窗台上。收操后大家都回到宿舍，我问：谁掉的钱放在窗台上，一个同学什么也没有说就把钱取走了。中午下课，班主任老师找我说，今天早上是你值日吧？是。拣到钱了吧？是。多少钱？不知道，我抖被子时掉到地上，叠完被子从地上拣起来原封未动放在窗台上了，没有数。班主任说，不对吧，人家带的是学费，在一起放着，你怎么拣了几块，剩下的钱哪里去了？那我就不知道了，反正我没有拿也没有数，只是把钱从地上捡起后放在窗台上了。从询问到审问，双方之间的对话越来越不愉快，老师态度越加严厉，把我当贼审，我实在难以忍受，最后老师让我下去再想想。我说，你现在可搜我的身，也可去人搜查教室、宿舍等可以存放东西的地方,他说你下去吧。我没有拿人家的钱能想什么呢?第二次再找我时,我说:我的确没有拿人家的钱,钱会不会丢在路上或其他地方?另外家中给钱有没有给错数了?我还说,丢钱人是昨天上午到校的,按常规到校后就应马上交学费,为何不及时交?难道上着课才去交学费?班主任不听我的,还是规劝我,拿了说出来,不影响你继续学习等。我态度也很坚决始终不承认,僵持许久,最终不欢而散。后来是否再找过我,现在记不清。总之,此事就这样不了了之了。

　　无独有偶,这年下学期,我们班的一位赵姓的同学说,他身上装的钱丢了,而且肯定是晚上睡觉时丢的。因上学期我们班丢钱的事,我是嫌疑人,这次事发问责,我首当其冲。班主任先找我谈。开始是规劝,后是威胁,我没有拿,当然不承认。后来教务主任找我谈,拍了桌子、非常严厉。我讲,我不需要钱。他身上装有钱,我也不知道,晚上睡觉我与他相隔四五个人,我怎么可能爬过去掏别人的钱,那不惊动了旁边睡觉的人?我哪敢!但无论我怎样解释、分析,他们就是不听我的,但我确实没有拿,态度很坚决,宁肯不上学也不能瞎承认。为此,学校对我实行罚站,别人都上课,罚我在操场站了整整一个上午。罚站后老师又问过我,我一口咬定就是没有拿。班主任最后下结论:你手不干净,你这一辈子做不了经济工作。此事最后还是不了了之。

　　后来班主任和赵姓同学也先后参军,都在警一旅机关工作,我们常见面,但很少说话。

　　此事已过去70余年。我常常想,这两件事发生在1945年,第二年学校便从40多人中选派我参了军,如果真认定我是小偷,为何还要送我参军呢?参军前学校又是如何让我通过了政审?回顾70年前的往事,我为自己受到的委屈鸣不平,但历史有时就是这样阴差阳错,命运有时就是这样捉弄人,天地皆知,我问心无愧!

就在这一年，还发生了一件让我很尴尬的事。学校组织比赛，包括数学竞走比赛和卫生比赛等。数学竞走比赛是从操场一端走到另一端，大约三四十米，先发给学生作业题目，然后宣布竞走开始，看谁先到另一端并交出了正确答案，谁就是优胜者。说来也有意思，我平时数学一般，不比别人强，可是竞走算题我却获得了第一名，这引起不少人的妒忌。卫生检查时，老师发现我头上长有虱子。这下可热闹了，别人不以为我是数学优胜者，而是把我当成了班里卫生的反面典型，讽刺我是"卫生模范"。过去卫生条件差，基本不洗澡，身上长虱子是常事，几乎没有人例外的，不足为奇。可是当你在某些方面取得一定成绩，就会有嫉妒的人借机羞辱你，使你难以自容。早知如此，何必当初急着交卷呢，我真是一个大"傻帽儿"，真后悔。

三、步入军营

1. 幼小参军卫生兵，不慎闹出小问题

1946 年，我 15 岁。国民党向解放区发动大肆进攻，进行围剿。国民党西北剿共总司令胡宗南纠集同僚，疯狂地向陕甘宁边区侵犯，年底局势更加紧张。迫于形势，马家山完小提前放假。有几位同学被派往政府部门工作，我们四个人有任新明、姚明娃，还有一位记不起了，被选送参军，交县武装部，他们派人把我们送到关中军分区所在地——马栏。我们临时住在军分区招待所，第二天有一个穿军衣的人找我们谈话，征求我们四个人对工作分配的意见。当时有三个选择：司号员、宣传员和卫生员。这个穿军衣的人讲了三个工作的特点，他认为我们是完小生有文化，建议到宣传队工作。他还说主意由我们定，但必须现在就得定下来，情况紧迫不能拖。四个人稍加商量，都愿意做卫生员。来人讲，好，你们下午等通知吧。下午来人告诉我们去第五分医院。该院离这里很远，并说今天你们走不了，明天一早有人送你们去。第二天早上一个全副武装（身上背着枪支、被包、挎包、水壶等）的军人来了，说，我送你们去"蒿地沟"五分院，路途比较远，要走好几天，吃、住在沿途兵站解决，拿好东西咱们走吧。我们没有什么行装，只有离校时带的一床棉被和洗脸用的布头，除此以外就

一无所有了。当时已是寒冬腊月,天气很冷。我们跟在他身后,走了两三天的山路,终于到了五分院。五分院所在地是个山高沟深森林茂密的山沟,有两排长短不齐靠山挖的窑洞,周围没有人家,只有穿军衣的人来回走动。当天有人向我们简要介绍了医院情况,然后把我们分到卫生班。我被分到一班,班长叫王云亭,个头不高,说话很和气,有南方口音,他带我到各窑洞病房转了一圈。这里大概有十多个窑洞,七八十个伤员,都是重伤不能行动的。我们的工作就是定期换药、喂饭、打扫卫生、端屎倒尿以及清理等。我们虽然参军了,但医院没有多余的军装,上班也没有工作服,全院都是穿灰色军服的军人,只有我们几个人仍然穿着自己的便服———一身黑色的棉衣,虽不和谐,但时间久了,大家都习惯了,也不觉得难堪。我们班十多个人睡在一个窑洞里,床铺是用木棍支撑起来的,上面铺上麦秸,盖上被单,这就是我们的宿舍和睡觉的床铺。

　　西北的冬天特别寒冷,医院取暖是靠自己砍伐树木烧成的木炭。大森林木柴有的是,我曾经利用休息时间来回走了多里山路到烧炭的地方看过,那里有几洞烧炭窑,有的正在燃烧着,冒着浓浓的黑烟,给我留下了深刻的印象。俗语说:"靠山吃山,靠水吃水。"共产党人从来不畏惧环境的艰苦,因为自力更生是我们

摄于一九四七年

战无不胜的法宝。医院的窑洞取暖没有火盆,是在靠近床铺的地上挖出一个浅坑,周边用泥巴糊成一个盆状的台阶(也称它为火盆吧),里面放上木炭点燃取暖,木炭的使用没有限制,虽然每个窑洞只挖一个土火盆,但足以保证整个窑洞的温暖。因为五分院收治的都是重伤员,需要时刻护理,上班不能轻易离开,上厕所都很紧张。工作可不是八小时制,而是

实行两班倒,白班早饭后上班,大约晚上八九点钟才能下班,中、晚饭护理人员都是轮换着吃,晚班要到第二天早饭后才能下班。那时也没有星期天的概念,完全根据工作量的多少,由班长安排休息,但休息时间还是少得可怜。那时的人可没有现在人的心情,一休息就喜欢游山玩水,但也有有情趣的人,好上山打个野鸡、野兔什么的,有时把胜利品带回来,大家高高兴兴围着炭火烤着吃,或用瓦罐煮着吃,我们把这叫作改善生活。我比较怕冷,偶尔休息没有事干,多是围着火盆烤火发呆,想念着父母思念着家。

　　刚步入军营参加工作,什么也不懂,除了工作就是想家。由于离校时非常仓促,没有来得及告诉家人,一想起这件事就非常苦闷。就在这时,医院发生了两件事,给烦闷的心情雪上加霜。我带的被子比较单薄,大家关心我,让我靠铺边近"火盆"处睡觉。一天晚上,不知怎么搞的,我被子上盖的棉袄掉在火盆附近,等大家闻到气味时,棉袄前襟已被烧掉大半。第二天穿衣成了大问题,我检查是自己不小心,但不是故意为之,我已经是一名军人,要求发给我军装,也应该给我军装穿。班长找院领导,回复说确实没有多余的军装了,想办法补一补吧。实际上,布和棉花都是紧俏物资,很难找到。几经周折,不知谁终于找了一块灰色旧军装布料和一点旧棉絮,一位正在住院治疗的于团长的爱人恰好会针线活,东拼西凑地帮我缝补了衣服。这位女同志是蒙古族人,浓眉大眼,个头不低,既壮实又漂亮,她是前来照顾受伤爱人的。衣服是补好了,但穿上不是滋味,左半边是黑的,右半边是灰的,放在现在,可能是一种时尚,但在当时,一个军营百十号人,几个穿黑衣服的已经不和谐了,现在又多出一个非军非民的"半黑半灰",更加不合适、不合拍、不合宜! 真是又可笑又可叹,让我十分尴尬。

　　祸不单行,没过多久,我再次经历"火灾"。一天我值夜班,是给重伤员于团长(单独住一窑)做特护。夜深了,该做的工作已经完成,估计病人已经入睡,我靠近"火盆"坐在一个木墩上,双腿分开烤着火,挺舒适,没多久我也打盹睡着了。不知不觉,左腿裤角被烤着了,冒的烟熏醒了病人。于团长发脾气喊醒了我,我惊醒意识到闯祸了,手忙脚乱地一面用手捏着着火的裤角,一面跑向门口,打开窑门,转身给予团长拉盖被子,怕病人受凉,嘴里不停地道歉。这事可不小,惊动了院领导。我挨了批评做了检查,但因首次犯错,院里也就原谅了,仍然做特护。于团长的爱人也没有责怪我,可能在她的眼里我还是个孩子。可是我的左裤腿下角内侧被烧了约有手掌大的一个窟窿,棉絮也露在外面。班长和同志们都说,缝补很麻烦,既无材料又要找人,你将就吧!天快要暖和了,等着换夏装吧。我没办法只能这样窝囊着。

1947年初,由于国民党疯狂围剿扫荡,关中军分区——马栏失守,党中央主动撤出延安。关中分区地方部队警备第一旅改为野战军,五分院一分为二,一部分人留下,转移和安排伤员,另外一些人要去警备第一旅卫生部,上前线。我属于后者。

我被分配到卫生部收容所。所里有卫生员20多人,分两个班,一班长叫张国钧;二班长叫张瑞平,我被分到二班,是二班副班长。两个班的班长都是从敌军解放过来的,他们在国民党军队里也做卫生员工作,经教育成为我军一员。关于张国钧,我想起这么一桩事。1947年,西北地区还处于敌强我弱之势,我军采取游击战术与敌军周旋。这年八九月份,部队行军到甘肃省庆阳地区一个丘陵地带,大约四五点钟时准备宿营。卫生部收容所住在一个沟槽处,我们两个卫生班被安置在沟壑东侧最下边的窑洞里。当我们正在卸装放行李时,沟壑周围突然枪声四起,从门口即可看到沟壑对面的敌军——一支骑兵部队,战马驰奔而来,敌军向我们这边密集射击,泛起阵阵尘土。我还没缓过神来,一班长张国钧马上嘱咐:我们可能被包围了,出不去了,敌人问,咱们就说是卫生兵……正说着,听到沟壑上卫生部部长大声疾呼:张国钧,你还不赶快把队伍带出来……此时枪声更加激烈。听到部长喊声，我们拿起行装快速向沟上边奔跑，脚下子弹噗噗作响，在警卫连的掩护下，我们快速撤离，没有人受伤。据讲沟壑东西两侧有一座土桥梁，警卫连的一个排封锁住桥面，敌军骑兵多次突击，也无法突破我军火力封锁，我们这才得以安全撤离。为此正在申请加入党组织的张国钧同志，有投降敌军之嫌，组织问题拖了很长时间才解决。后来了解到这次遭遇是马鸿逵一部对我们的突袭。

卫生班有两项任务：一是上前线实施战地救护任务，主要是包扎止血，将伤员拖出战壕；二是在本所实施二线救护，虽说是二线，但距离前线仍然很近。二线救护主要是对下来的伤员进行检查，看其止血包扎是否到位有效、有无骨伤或其他部位受伤等，进行换药重新包扎。伤势较重本所不能处理的，简易处治后马上送往后方医院。

2. 战地救护尽责任，誓与伤员同生存

1947 年，我军在赤水县石门关附近遭遇敌军，收容所派我去战地救护，我赶到阵地，战斗在激烈进行中。我匍匐前进，子弹在高低不平的地面上咴咴作响，尘土飞扬。我快速进入战壕，看到有两位受伤的同志，一个是右上臂子弹穿透伤，血流不止，伤者很痛苦，我进行了止血包扎，拖出战壕，交给担架抬走后送；另一个是子弹从左耳上部擦皮而过，未伤头骨，但失血不少，我做了同样的处理。伤者坚持继续作战，我交代连卫生员，注意观察，定期换药。战斗没有持续多久，我军撤出战斗。我完成任务，返回所里。这是我第一次实施战地救护，没有觉得恐惧，反而感到很自豪且有趣。四五月份战局仍然呈敌强我弱的态势，我军一直与敌人周旋，走走打打，进行游击战术。

同年，大概是在安塞县我军遭敌军围剿，当时所里还有一些轻伤员没来得及后送，怕暴露目标。所里决定由卫生员分别带领伤员各自到深山

沟里找隐蔽地点躲藏。我带领五六名拄着木棍的伤员顺沟渠行走,找了个树林比较茂密的山崖处。幸运的是,我们发现崖下有个小岩洞,洞口不大,里边还算宽畅。我让伤员钻进洞里躲避,安顿好后,他们叫我赶快离开,说他们都带有手榴弹,如遭遇敌人,拼尽全力,而你还年轻,没必要陪我们一起牺牲。我说哪行?领导交给的任务,我得完成,活要活在一起,死也要死在一块,怎能随便离开你们。他们说那你就在洞外放风吧,有情况随时报告,共同对付。我走到洞口看远处,有十多个敌军走过来,散漫地行进着。我转身报告给洞里的人,其中有个伤员,好像是个小当官的,说,沉住气,继续观察,隐蔽好,千万不能暴露。没多一会,这些敌军从洞顶姗姗而过,并未发现我们,我紧张的神情才得到缓解,真是有惊无险,安然无恙地逃过一劫。我们一起返回到预定的集合地点。大家见面非常高兴,一面谈论着各自的遭遇,一面啃着干粮,我所遇到的是最惊险的一幕。暮色降临,我们又踏上新的征程。

年底,我们旅住在安塞县华子坪地区,部队进行整训。我们收容所住在一个川道的小村子里,收有十多个伤病员。村子太小,住不下这么多人,伤病员要住到川道下边另一个村子里,来去大约有十来里路。我可能在护理中传染上了"回归热",高烧不退,也成了病人。此病为虱子引起的"螺旋菌"感染,那时可没听说过"抗生素",最有效的药是"六〇六",一种有机砷制剂,注射一支就见效,病很快痊愈了。护理工作白班与夜班虽交替进行,但时间拉得比较长,生活质量比较差,主食主要是小米和黑豆,原本不大生产蔬菜的陕北,冬天更难以觅寻,有时有点肉食,也不充裕,上夜班又无夜班饭,后半夜总是感到饿,我随口发了句牢骚:我们没有夜班饭吃,毛主席是否知道?有人打了小报告。这次整训除了军事训练外,重点进行"两忆三查",即忆阶级苦、民族苦,查阶级、工作和斗志。因为我发过牢骚,受了批评还要做检查。我在班务会上做了自我批评。从此我长了记性,说话注意多了。这次整训,成绩卓著。1948年初,西北第一个战役是宜川县瓦子街战役,一举歼灭敌军两万多,生俘1800多,击毙敌军5000余人,敌29军军长刘戡和90师师长严明等亦被击毙。毛主席发表《评西北大捷兼论解放军的新式整军运动》。文章中称"这次胜利改变了西北的形势,并将影响中原的形势……证明人民解放军用诉苦和三查方法进行新式整军运动,将使自己无敌于天下"。这次战役我们旅伤亡300多人。

3. 改行干药业,新业务多学习

1948年中期,我被改做药材工作,司药长叫史明江,是我的领导。我们主要工作是负责全旅药材筹划、供给,保证战时抢救包扎用品以及伤员手术消毒用药。当时我们存有一些解热消炎、胃肠用药,数量不多,大多从上级业务部门领取,个别也有自己购买的,如酒精等,实际上是含醇浓度较高的烧酒,有时军卫生部也发些酒精。大多数药物都是用玻璃瓶子盛装,再装入木箱,瓶子之间用棉花填充塞紧,以防行进中碰撞。木箱再

摄于一九四八年

固定在特制的木架子上,左右各一,以备骡马运输,因此要求所装药物重量要均等,以保持平衡。装上药箱子的架子被称作"药驮子",重量大约200斤左右。另外有蒸馏器、小型高压消毒锅等,都是用适当的材料包装好。急救包、脱脂棉、绷带布匹等,装入马褡子(一种特制的布袋子),用骡马驮着,共有四五匹骡马,每匹骡马都有一个驭手牵引着,业务人员不列队行军,跟在药驮子后面,必要时实施保护。夜晚行军时经常走着走着就睡着了。我怕掉队常拉着骡子的尾巴,常常脸碰到骡子的屁股上,不痛,我管它叫"软着陆"。骡马很乖巧,从不踢人,有时脱离了骡马尾巴,碰到路边的树干上,

就会碰个鼻青脸肿。那时有规定,营以上干部有马骑,连级干部的行李有挑夫或牲口驮,排级以下的干部行李自己背。我是调剂员,啥也不是,但因押运"药驮子",便利用工作之便,把行李放在药驮子上。有人看到提意见,领导找我谈,我说我与他们不一样,我负有保护药品的责任,既要背行李又要照顾药驮子,我没有那么大力气。领导讲即使这样也要注意一下。于是我打一个小被包背上做样子,时间长了,时背时不背,也没人管了。在行军中常遇到特别难行的陡坡或狭窄道路,我们要扶稳"药驮子",以免骡子用力过猛摆脱"药架子";遇有狭窄山道,"药驮子"过不去,我们就将"药驮子"卸下来,用人扛过去。十六七岁的我,也常扛"药驮子",没想到落下病根儿。年轻时没有什么感觉,年纪大了,腰肌劳损、骨质增生,腰腿疼痛,内脏下垂等,几乎无法治愈。

1948年我军直捣西北敌军第二老巢——宝鸡。由于各种原因,我们遭到敌军围攻,很快就撤出来了,部队日夜兼程。我们后有胡宗南敌军追赶,前有敌军马鸿逵阻截,上有飞机轰炸。部队艰难地进入甘肃庆阳地区,夜间行军中,一个药驮子近处突然发生爆炸,骡子受惊,脱缰而逃。驭手受重伤,我也受了伤,弹片从左下肢内侧穿肉而过,但未伤骨头还能行走。骡子不见了!药驮子丢了!赶快找呀!所以领导决定教导员与我留下寻找。当天夜里,只能在附近寻找。第二天天亮了,寻找的范围扩大了一些,但找了半天,也询问后面过来的部队,都说没有看见,只好放弃,赶紧追寻自己的单位。部队正在撤退中,局面比较紧张也很混乱,有前进的也有后撤的。每逢一个部队,我们就询问他们是否知道警一旅在何处,但谁也不知道,我们只好跟着去向一致的部队走。不过吃饭成了问题。有时遇上友邻部队吃饭,我们说明情况,可以混着吃一顿,有时路过老乡家,说明情况要点吃的。大约三四天后,部队到了陕西旬邑县土桥镇休整,我们才找到单位。由于我军直捣胡宗南老巢,迫使敌军自动撤出了延安。这次休整时间比较长。为了补充药品,军卫生部药材科高科长带领我们一行人去洛川县附近领取药材,业务人员中就去了我一个,共有四五匹骡马。从土桥镇到洛川县约四五百里路,我们走了好几天才到洛川,没有领到药品,说是地方搞错了,我们空跑一趟。那时没有什么通信工具,现成的也比较简单,跑冤枉路是在所难免。

这年后期,部队进入陕西东府一带作战。在荔北战役时,司药长患病,不能随军前往,我一个人完成了药材供给调配任务,荣立小功一次。这年八月,由司药长史明江和司务长王更新介绍,我光荣地加入了中国共产党,成为预备共产党员,半年后的1949年如期转正。

我由卫生员转行药业,业务还有待提高。为了入门,我下决心要好好学习,却苦于没有学习资料。当时药房只有一本油印的《药物学》,只要有时间,我就拿着看,为了增强记忆,我索性自己抄了一本。常言道:眼里过千遍,不如手里过一遍,而且抄完后自己手中有了一本,学起来也方便些。为此军里召开卫生工作会议,我还受到了表扬。

4. 兰州战役惜别首长,幸福生活勿忘先烈

1949年,我军扶眉战役后,经过休整,西进直挺兰州,实施解放兰州战役。此战役中,我们师负责攻占狗娃山,我们所离战场很近。我们旅30团领导带领全团指战员雄赳赳气昂昂开赴前沿阵地,路过我们所驻地,团政委李锡贵看见了我,他喊,袁天兴,走,跟我们一起进战壕吧。我说,行呀,你们前头走我后边来,祝你们旗开得胜。战斗进行得非常激烈,从战地运转下来的伤员较多,我们的工作也很繁重,准备敷料、烧蒸馏水、配制麻药及洗涤用盐水等。没过多久,一位卫生员告诉我:李政委受重伤,正在抢救。我赶快跑过去看他,他已处于昏迷状态,奄奄一息。我喊了几声,李政委!他眼睛微微动了一下,表示听到了,也许还有其他意思,我伤心地几乎哭出声来,没多时他便去世了……李政委常来卫生部看病,我喜欢遛他的坐骑,我们大概就是这样认识熟悉的。回首往事,千千万万

烈士们,为了民族的解放事业流血牺牲,长眠于地下。而我们活着的人,今天住着高楼大厦,电灯电话,不愁吃不缺穿,享受着前所未有的美好生活,这都是烈士和前辈们用生命和鲜血换来的!我们的生活中流淌着他们的血和汗,来之不易,应该倍加珍惜。我们要继承先烈们的遗志,为实现我们的梦想更加努力地工作,不畏艰险,勇往直前,开创更加美好的明天!

部队在休整时,营团干部经常骑马来卫生部看病。我喜欢骑马,只要卫生部大门口拴上了马,我总得想办法骑着马跑一圈。一天,门口拴着一匹枣红马,我去解缰绳,马还向我频频点头示好。我牵马上路,刚跨上马鞍,马便风驰电掣般地直冲小路飞驰而去。眼看就要冲到前面的沟壑了,我习惯性地拉紧一侧缰绳,没想到它跑得更快了。我吓坏了,纵身从马背上腾空翻了下来,摔了一个"狗吃屎",马却立即停蹄,站在了沟壑边沿上。我摔痛了身子,但无大碍。我听说马发起疯来什么都不顾,悬崖火海也敢闯。当时前边是个几米深的沟壑,一旦冲上去,该有多危险呀!还有一次,大约是在 1947 年六七月份,我军和"马匪"交战,缴获了不少马匹,拴在供给部(后改后勤部,凡是团以上编制单位,其名称都有司令部、政治部、供给部、卫生部,简称司政供卫)大门口,我骑马的瘾头又上来了,挑了匹健壮的马。据说马匪的马都善跑。我不敢上正路,把马牵到割了麦子的麦地里,麦地是软的,即是骏烈的马应该不会出大问题。我刚一上马,马就奔驰起来,真过瘾。谁料麦地前面大概有个老鼠洞,马失前蹄,我从马头前摔下来,脸朝地,麦茬刺的满脸都是血。心想骑马还没过瘾却刺破了脸,肯定要变成麻子脸了,但愈后并未留下伤疤,真是幸运。自己年轻时啥事都敢干,天不怕地不怕。

1949 年 8 月,兰州解放,经过短期休整,九月初部队继续向西北挺进,途经武威、进驻张掖,准备进军酒泉,乘坐苏联提供的飞机,进军新疆。此时国民党新疆警备总司令陶峙岳、省主席兼保安司令鲍尔汉通电我军率军起义,宣布新疆和平解放。我们部队掉头返回,到达甘肃岷县休整,同时进行剿匪。此前西北野战军改为第一野战军,简称"一野",我们旅改为第四军第十师。10 月份,在岷县,师领导传达了中华人民共和国成立的好消息,还举行了庆祝大会。我们高兴地跳跃着欢呼着,三年的解放战争,历尽千辛万苦,消灭匪军 800 万,终于取得伟大胜利,全国解放,我们兴奋的心情难以言表。

此间,为了喜庆中华人民共和国的成立和活跃所里的文化生活,所领导决定让我负责出几期黑板报,我找了能写文章的同志请他们撰写文章,我撰写了发刊词,第一期很快刊出。正巧遇上师长刘懋功、政委左爱来所检查工作,他们看了说写得好,一直表扬我们。

1950 年初,我被调到该师 30 团卫生队做司药工作。我们师接受了新的任务,奉命开赴甘肃陇西地区修建"天兰铁路"。解放军既是战斗队又是工作队,大家都干得热火朝天。年底,美国向朝鲜发动侵略战争,战火几乎要燃烧到鸭绿江边,中国人民奋起抗美援朝,原驻宁夏65 军要入朝作战,10 师要转移进入宁夏接防。于是我们从陇西长途跋涉,行军到了宁夏固原,然后乘坐汽车进驻银川,首次坐上了大卡车,感到这也是三年解放战争的胜利成果,大家都非常高兴。宁夏是马鸿逵的老窝,仍有零散土匪和敌对分子,夜晚常有放冷枪的,我们的主要任务是剿匪和维持社会治安。师部驻扎在银川市,我们 30 团驻扎在距银川市 50 多里的王洪堡,卫生队驻扎在马家花园,据说这里原来是马鸿逵的一处别墅,前庭后院,旁边有个小花园。1951 年春天到来,花园里奇花异草竞相开放,满园芬芳。

这年我被任命为卫生队司药长。这时各营都配备了调剂员,共同负责全团药材的筹划供应任务。为了适应新的形势和任务,我对全团药业人员进行集中培训,明确任务和范围,并修订了新的工作制度等。结束后我写了总结报告,上报团领导,他们看后认为总结写得很好,简单扼要,重点突出,是一篇难得的好总结,希望今后卫生工作总结也能这样写。

第二排正中是作者

1951年上半年,卫生队接上级通知,动员卫生人员入朝做战地救护工作,采取自愿报名的方式,卫生队医生严生明报名被批准。他是战地救护的一把好手,我们为他开了欢送会。但此一别,再无音信。

这年开春,我扁桃体发炎,接着化脓,高烧不退,医生怕引发败血症,应服抗菌药。可是没有任何内服抗菌药,只好服用氨苯磺胺(S·N)。此药为外用抗菌剂,一般不能内服的,内服很难吸收,且对胃、肝脏、肾以及神经系统等都有影响。服药后,压根不想吃饭,头昏眼花,胃也不舒服,非常难受。无奈,为了防止疾病进一步发展,硬着头皮也得服用,持续了半个多月,逐渐好转,终于病愈,幸哉。解放初期,物质匮乏,加之技术落后,对一些疾病很难有有效治疗方法,有时也只能硬抗着。

1951年10月我被选送到西北医学院(地址兰州后改为中国人民解放军第四军医大学)药学系学习。

四、校园记事

1. 有幸选送上大学，珍惜机会努力学习

1949 年 10 月，中华人民共和国成立，标志着国内大规模战争已经结束，国民经济逐渐恢复，各项建设事业蓬勃发展，国家已进入一个崭新的时代，各类院校也开始陆续招生。1951 年 10 月，我有幸被组织选送到西北医学院药学系学习。能够成为部队进入建设时期被第一批选送军校学习的成员之一，感到非常荣幸，有机会上大学学习，真是求之不得。我们师选送上学的还有师卫生部药材股副股长卢生福同志，记忆中我们不是一块去兰州学校报到的，因他交接手续需要时间，是在我之后去的。我在师部办了行政和组织关系介绍信，搭乘师供给部到兰州军区拉货的卡车前往学校的。10 月的西北天气已经很冷了，得穿棉衣戴棉帽。车是去兰州市东教场的西北军区后勤部的，而药学系在兰州市下西园。一个在最东头一个在最西头。到达兰州已是下午，那时兰州没有公交车，只有一种马车，是该市的主要交通工具。初到人生地不熟的地方，我不敢坐车。一路打听，穿过市中心直向西走就可找到下西园，我背上行李没费多少工夫就在天黑之前找到了药学系。由于错过了晚饭，学校周围也无吃饭的地方，我一直忍饥挨饿到第二天早上。

　　第二天上午,我去东教场西北军区后勤部司令部和政治部办理转换行政和组织关系介绍信。昨天下午走过的路,我还记得,用不着再打听。我高高兴兴地大步前进,走到市中心附近被纠察拦住了,说你为啥不戴帽徽。喔,我这才想起前天在路上搬东西时将帽徽碰掉了。帽徽是五角星,后面用细铁丝穿过帽前缘上部,从里面扣起来,很容易被拉掉的。于是我说明了原因和过程并做了检讨,帽徽放在挎包里,回去马上戴上。纠察说不行,你这是违犯军纪,跟我们走一趟。我跟着纠察来到一个空房里,我以为要关禁闭了。过了一会儿,来了一位可能是当官的,问了我的情况,我把刚才的话又重复了一遍,并再次做了检讨,保证不再重犯。他说,现在正在抓军容风纪,你初来兰州,又是初犯,这次不追究,以后要注意。我说要去军区办理行政、组织关系手续,回来要是再碰上纠察咋办? 他说,你把现在碰到的情况告诉他们就行了。告别了纠察,寻思着刚到新地方,遇上倒霉事,心里不是滋味。

　　学校还未开学,天气不错,我趁机拆洗一下棉被。洗净晾干后,下午我在宿舍里缝被子,这时有个女同志主动找上门,要帮我缝被子。我们素不相识,哪好意思。我说我会缝,不麻烦你了,她说,女同志做针线活比你们男的强。看来她是真心实意的,我就没再谦让。交谈中她自报家门,我得知她是药一期的,姓陈,我也简单介绍了一下自己。当时我想真是遇上了好人了呢,很感激她。从此以后,我们常在一起说说笑笑。她有个好朋友姓乔,一米五六的个头,浓眉大眼,长得白净漂亮,我觉得她挺好。在班里我有个好朋友,姓杨,我和他议论起乔来,他说他对她也有好感。杨是1938年入伍的老同志,岁数比我大不少,还未成家,我想还是让他们成眷属吧。此间乔从学员队调到系办公室工作,我是系里体育委员,有些事情总是要找她汇报,来往比较多,我们也谈得来。因为杨是篮球队员,也和乔来往不少,乔还送给我和杨每人一张个人照,当时给我的感觉她和杨的关系还不错。同时我和陈在一起的时间也比较多,遇上星期天,还一起到学校外面买些零食吃。通过陈,我常问起乔的好多事,甚至谈到女同志的秘事,实际上我是为杨打探消息,但我从不谈个人私事,所以陈误以为我和乔要好。一年后,药学系撤销与西北护校合并,乔要调出单位。杨抓紧时间向乔提出了个人问题(学校原则上不准谈恋爱,但对老干部要求不那么严格),被乔拒绝了,且乔哭得很伤心。与此同时我也向陈谈了个人问题,她说她已有朋友了,还讲你不是和乔要好吗?人家可能还想着你呢,继而责怪我为何不早点讲明白。哎,我埋怨陈,你真够傻的。阴差阳错,我和杨忙活了多时,结果全是一场空。学习结业后,我去西安实习,乔还赶到火车站送行。20世纪80年代,我去兰州参加军队药学专业学术会议,顺便拜访老师和同学,乔为我安排了交通工具,为我的出行提供了极大的方便。事情过了半个多世纪,我们都进入耄耋之年,甚至有的同学已经过世。往事如烟,男女青年时期思想碰撞出的火花,给年老后的我们留下了一些美好的回忆。

2. 开展"三反五反运动",领导决定我打"老虎"

大约是这年10月底学校开学上课。西北医学院在西安,是第四军医大学前身,可是药学系设在兰州(可能是西北军区药材处在兰州的关系,药学系与药材处仅一墙之隔)。系里原有两个班,分药一期和药二期,都是新参军的青年男女,不到100人。我们是从部队工作岗位上调来的,称作调干生,40多人为一个新班,共有三个班次。到了1952年,全国开展"三反五反运动",这些老同志多是来自师团卫生部门管理药材的领导。药学系向他们的所在单位发出公函,调查有无经济问题,一些单位回复,揭发了部分人的一些问题。于是我们班停止了上课,开始搞运动。我是10师30团卫生队司药长,我的原单位没有提出什么问题。那时药品器材全是上级供应,只有消毒和蒸馏水用的柴火,自行采购,一年也没有多少钱。供给制,什么都发,又住在乡下,没有东西可买。加之传统教育,不能去占公家便宜。来信反映有问题的人被称为"老虎",没有问题的人则组成"打老虎队"。我被分配在一个打虎队中任"头儿",无非是给"老虎"们做工作,要他们交代问题。运动中,我有时说话态度不够好或语言过分,原来一个班里要好的同学因此和我成了冤家,见面不语。运动结束后,经过甄别,其实这些同志都没有什么大问题。

那时学校成立有群众性学生组织,叫作"俱乐部",内设主任、宣传、体育、伙食委员等。我被选为体育委员,负责系里学员体育活动。根据人员情况,我们组织成立了男子篮球队和女子排球队。每个队 10 多人,各队有正副队长,平时晚饭后自己练习,每星期天早晨则为集体练习时间。届时天刚亮我就得起床,先喊醒正副队长,再由他们去喊队员。礼拜天好容易睡个懒觉,却还要练球,虽然部分同学不高兴,但毕竟年轻好动,少睡点懒觉也无所谓。大家练起球来都很认真,篮球队还组织过与友邻单位的比赛,活跃了我们的校园生活。

在"三反五反运动"中,遇有不少空闲时间,我抓紧时间阅读了一些书籍,如《钢铁是怎样炼成的》《卓娅与苏娜》《青年近卫军》《论共产党员修养》《大众哲学》以及有关青年修养等方面的书。特别是艾思奇著的《大众哲学》对我启发教育很大。这本书通过简单的生活常识,深入浅出地讲述辩证法,诸如矛与盾、高与低、硬与软、大与小、上与下等等,它们既是矛盾的又是统一的。联想到我们日常生活中,辩证法无处不在,只是我没有注意到罢了。举个小例,为了保护衣服或身体,做工时穿戴围裙,其两侧订有带子行固定,如果这个带子都一样长短,打结时很容易打成死结,待解结时很麻烦,如果是一长一短,打结时长的一端留出活扣,解结时只要拉开活扣长的一端,结就打开了,非常简单。诸如腰带、裤带、鞋带以及捆绑用绳子等等,都是如此,这就是生活中的辩证法。

读了《大众哲学》对我后来学习毛主席的《实践论》和《矛盾论》帮助很大。《论共产党员修养》及有关青年修养方面的书籍对我进一步确定人生观、价值观,乃至世界观都产生了前所未有的影响,我受益匪浅。

这年"五四"青年节,兰州市在雁滩公园举行青年联欢会,学生队派我去参加。我从未参加过这类活动,觉得很新鲜。雁滩公园位于兰州市东侧,处于黄河中间,是个孤岛,要乘羊皮筏子才能到岛上。过去只是见过羊皮筏子但没坐过,这次有机会坐上了,感到别有风趣。进了公园,看到有唱歌唱戏的、有跳舞的、有杂耍的……看什么都觉得新鲜好玩。公园不大,没有用多长时间就转了一圈,我大饱眼福,中午赶回学生队,午饭后向队领导做了汇报并给大家讲了遇到的新鲜事。

3. 并校宣布学制不变,毕业时变了卦

"三反五反运动"刚一结束,军队进行整顿和精简。药学系被撤销,与兰州军区护校合并,成为解放军第一军医学校。药学系原三个班缩减为两个班,分药一期和药二期。原药一期课程学习过半,除了个别人变动外,一切都按原计划进行。调干班撤销,老同志必须参加文化考试,考试及格的留下,文化程度差点的送"速成中学"学习。大部分老同志去了"速成中学",留下来的10多个人,与精简后的药二期合并,总计40多人。学校宣布原来药学系教学大纲与教学时间都不变。原药二期青年学生文化程度也参差不齐,为了教学方便,用了近一年的时间,用速成的办法补习文化课。主要是数、理、化,辅以语文。把数、理、化与前期课程结合起来进行教学,加快了进度,节省了时间。药二期文化课补习后,很快投入前期课学习。

二排左起第二位是作者

解放军第一军医学校前身是西北军区护士学校,学校面积比较大,教职员工及设备都不错,合并后医学系有四个班。医一、二期是从第四军医大学调入的 160 名新参军的清一色女同志,每个班 80 名。他们在四医大已学习完前期课程,在这里进行后期课程的学习。医三、四期是从部队调入的调干生,每班三四十人不等。

医一、二期都是新参军的青年,为了加强群众性思想工作,学校决定药二期与医一期进行思想互助活动。活动中老同志的任务主要是了解青年女生的思想情况,发现并培养积极分子,发展新党员。几年里,医一期发展了四五名新党员,她们又在群众中做了不少有益的工作。最先入党的刘是我和李忠勉同志介绍的,该同志思想活跃,学习也好,善于做群众工作,是这个学员班的思想骨干分子。我和刘接触比较多,相互印象都不错,甚至互有好感,但她患有先天性心脏病,我有些顾虑,始终与她保持着距离。她身体不太好,毕业后还被分配到西藏去工作。20 世纪 60 年代她到 301 医院来办事,托人给我捎话,待我去看她时,她已离开医院,没有见上面,感觉有些遗憾,但愿同志间的友谊长存。

军医学校成立后,我继续担任年级的体育委员。1953 年,我因学习和社会工作都不错,荣立三等功一次。这年学校放暑假,学生基本上都离校了,有的返家,有的回原单位。唯有我们药二期的同学,除了个别人回家之外全部留下来,组织劳动,扩建学校操场,把高低不平成块的农用地建成平坦的可进行综合运动的大操场。我们班为学校建设做出了贡献,为此荣立集体三等功一次。

我对伙食很关注。1954 年,学校伙食委员会改选,我当选该委员会主任(每个年级有一个委员)。全校的学员食堂只有一个,可容纳三四百人就餐。那时是供给制,每人每月可能是 15 元伙食费。伙食费不发给个人,集体就餐,依据规定每月的伙食标准基本用完。伙食委员会每月对伙食开支进行检查,管理伙食的司务长也很配合,到时就会将账本、发票摆在桌子上,委员会的人去了有人查发票、有人算账,然后将开支情况公布在黑板报上,大家有何疑问和意见,都可以向我们咨询和反映。几年时间里,我们从来没有发现过问题。这种民主管理伙食的方法在部队实行了很长时间。

4. 实习遇上老同学,谈起恋爱受阻滞

1955 年底,学校的授课完成了,学生开始进入半年的实习期。学员们被分配到西北军区各医院,我们五个人被分配到西北第六陆军医院(后改为第四军医大学第二附属医院)。我在医院遇上了原药一期毕业、后被分配到该院工作的周惠蓉同学。当初在校时我是体育委员,她是女子排球队队长,因工作关系来往较多,我们比较熟悉,实习期间她又负责指导我们,我们两个人在工作中慢慢产生了感情,谈起了个人问题。此时全国开展肃反运动。可能是为了摸底,医院组织了一批所谓积极分子,专门检查和阅读年轻人的信件,我是其中一员。一个星期天的上午,医院突然规定所有人不准外出,大家要把自己所有的信件都拿出来让我们去检查。我被分配

到护士住区,这些女护士都很年轻,大多在二十岁左右。要被检查的人很多,信也不少,过去从来没有看过别人的私信,我看了一个上午,也没看出什么问题。但有几个人的恋爱信写得真好,语言生动,言辞恳切,情感丰富,纯真浪漫,看这样的信不亚于看《金星英雄》(苏联早期爱情故事片)。过了几天,原来的"积极分子"上班时都被叫去开会了,却没有让我参加,我顿生疑惑。本人家庭贫农出身,平时不讲出格的话,没做出格的事,是不是因为周的问题?她出身于小地主家庭,父亲是族长,其长兄是中学老师,编著有高中数学,还经营一个小印刷厂,多是印刷中学教科书的,新中国成立前还为我地下党组织印刷过大批宣传材料,但在20世纪50年代初镇反时被镇压(1984年予以平反,恢复了名誉)。周从小就在兄长家居住和上学,兄妹之情犹存,兄长被镇压后,她哭过鼻子。另外她在工作中还拿错过一次药。从面上看周也就这么多事了,我思想上做好了准备。但没有想到当天下午,医院在食堂召开群众大会,气氛有些异样。大会开始了,一个女同志站起来发言:周惠蓉,你这个地主家庭出身,同情反革命分子,是混进我们部队的阶级异己分子……;还拿错过药,这是有意地阶级报复……。我傻眼了,虽然我思想上有所准备,但没有想到运动一开始就从一个十八九岁的姑娘头上开刀。第二天党组织找我谈话,昨天下午开大会的事,你已经看到和听到了,你和周惠蓉谈恋爱,对她的出身应该很了解。

一九五六年摄于南京

51

你是共产党员,应站稳阶级立场,站出来揭发她,与她划清阶级界限。我说我们才开始谈,了解不多,只要我知道的都揭发。我只知她出身不好,但她为人很老实,人品不错,人缘关系也挺好。说她是阶级异己分子,还真找不出过硬的理由。当时揭发批判会接连开了几个下午和晚上,党支部书记又找我谈:你为何大会不发言不揭发? 是在包庇她吧? 现在摆在你面前的有两条道路可选择,是要党籍还是要老婆? 我说两个都要。他说这不可能。我说我们在谈恋爱,只是同志关系,构不上老婆不老婆的问题,至于揭发,我知道的一定揭发,决不包庇,保证站稳阶级立场。一个经历过战争年代考验的共产党员,不会在个人问题上丧失无产阶级立场。事情就这样拖下来了,直到我实习期满返校。在学校毕业典礼大会上,校政委讲话时说:有人在实习期间,在肃反运动中,阶级观念模糊,立场不稳,竟然和反革命分子谈恋爱。我只能听着忍着,带着委屈、压抑、惆怅、蹊跷离开了学校。之后我们仍保持着联系,只想等运动结束后再说。

一九五六年结婚照

毕业后我被分配到南京军事学院门诊部工作。从兰州到南京,路过西安时我与周约会,看了一场电影,晚饭吃的晚了一点,差点误了火车。火车鸣笛开始启动,我手拿车票,直接冲过检票台,车厢门正徐徐关闭。我手拉住车门一闪身撞入车厢。与我同行的曹廷灿同志可急坏了,他说你好险呀! 曹廷灿同志是我们年级级长,年轻能干,擅长体育,曾在学校运动会上得过双杠冠军。我们两个所以被分配到高等军事学府,据讲是因为我们军事素质比较好。在军事学院工作时,因学院有室内游泳池,一年四季,业余时间都可以去游泳,他是游泳能手,教我学会了游泳、开摩托车,其他方面他也帮过我不少忙。后来他到国防大学工作,我在309医院,两个大院一墙之隔,经常见面,我们成为莫逆之交。

到单位报到上班后,我将个人在实习期间谈恋爱的情况如实向党组织做了汇报。1956年上半年肃反运动结束,单位给周平了反,恢复了名誉。下半年我们写了结婚报告,经批准结婚。

我们是1956年10月结婚的。那时结婚很简单,门诊部在筒子楼里分给我们一间房,配了一张双人床,铺盖都是军用被褥,我们俩经济也不宽裕,只买了一床太平洋双人床单,为了体面,每人还买了一套呢料衣服。结婚时我们举行了简单的仪式,主要是由同学曹庭灿及其他朋友们办的,买了些糖果、花生,准备些茶水。仪式是在卫生处会议室进行的,来的人还不少,卫生处、门诊部领导都来参加了。印象特别深的有老首长李治,他是位长征干部,曾在毛主席身边工作过,虽是军事学院卫生处长,也被授予卫生少将军衔,但他平易近人,毫无官架子,是一位德高望重的领导,他为我们结婚祝福,我们感到很荣幸。我们大约有十多天的婚假,借机会去上海、杭州玩了一圈。在上海到百货大楼购物,人很多,特别拥挤,我怕两人被冲散,要牵她的手,她都不同意,怕人看见了不好,可见那时的人思想是很保守的。到了杭州,游人很多,找不到住处,晚上很多人都住在寺庙里,地上铺有稻草通铺,基本上都睡满了,男女分别在两个庙宇里,凑合了一夜。十多天婚假很快结束了,爱人返回原单位。

结婚时与好友合影

　　毕业时，我们遇到两个问题，一是待遇，二是学制。医学期学生毕业离校时待遇都提一级，药学期的不给提，而且我们按中专学历。实际上从药学系到军医学校，教学大纲、教学内容以及学制都没改变，这里并校时讲过的，我们的课程不但没打折扣，有些比本科还多，如生物化学课程等。对这两个问题大家提了不少意见，但得不到重视，直到毕业也未解决，同学们装了一肚子意见离开了学校。一些同志分到单位后，待遇问题很快得到解决。20世纪80年代，兰州军区后勤卫生部根据解放军总参谋部、总政治部（1974）政联字1号文件《关于一九六九年前军队院校等级区分的意见》，将我们的学历定为大学专科毕业。至此，学历问题也画上了圆满的句号。

　　20世纪50年代，全国开展农业合作化运动，部队号召干部积极支援家乡农业合作化，我向父母亲写信，作为军人家属要积极带头参加农业合作社，同时拿出一个月工资，寄给家乡官庄农业合作社。后来据父亲讲，寄钱的事，合作社负责人还特地告诉了他。有次回家，其负责人到我家，说部队支援地方多么重要，并向我表示谢意。我说这都是应该的，父母觉得儿子做了好事,他们面子也光彩,说部队教育出来的人都是好样的。

一九五七年摄于南京

2002 年,已休息 10 多年了,远离了操劳一生的药学专业。将自己不常用的书籍整理了一下,大约五百多册,想寄给我们的贫穷县图书馆,经写信联系,他们愿意接收业务、文学艺术方面的书籍,于是从中选出他们需要的寄给我县图书馆。据三弟来信讲,此事在县电视台还进行了报道。

五、药业四十三年

1. 医院药业简介

从 1948 年从事部队药业工作,后入校学习,毕业后又回部队,直到 1990 年从解放军 309 医院离休,从事军队药业工作 43 年之久。这个行业从社会分工来讲是不可或缺的,但它在医院却是不大被重视的单位,因为药局也是供给单位,和后勤物质供应相似,因此就和管理部门吃、喝、拉、撒、睡搅和在一起,不大被重视。医院以医疗为中心,一切为医疗服务,几乎所有临床使用的药品器材都要下送到各个病区(也称临床),病区使用过的器材可以重复使用需要清洗消毒的,要收回来,经处理后,再送下去,简称下收下送。工作要求做到家,稍不如意,就得受批评,医院药业变成了典型的单纯服务单位(现在和过去大相径庭)。常有人把医院的后勤、药局称作"孙子辈"。医院药业,从表面看很简单,但内部事务也很多。每个正规的医院都编制有药房,早先军队医院的药房叫药局,这种叫法据说是从日本军队那边传来的,其实我国在 13 世纪明朝时期就有药局的名称,负责药品的管理与配制,还负责诊治工作,与近代药局业务有所不同罢了。现在无论是部队医院还是地方医院统称药剂科。我认为其实这个名称名不副实,药剂只是药业中的一个小部门,是指按药典或固定处方配成的制剂。仅从下面的分工就可了解到这个命名的缺陷。医院药业统辖以下几个部门：一是药库，是根据医院需要，按计划从上级供应部门领取和从市场采购的药品，包括中西药、易燃易爆、剧毒药品以及医疗器材等，进行贮备，供调剂室及有关科室随时领取；二是调剂室，是依据医师处方，调剂药物或药物制剂，并遵医嘱配发给患者；三是普通制剂室，是按照药典和医院协定处方，制造各种易于病人使用的制剂，如常用的水剂、合剂、溶液剂、散剂、软膏剂等等数十种制剂；四是灭菌制剂室，医院常用的输液大都自己配制，如生理盐水、葡萄糖注射液等，常用的滴眼水与眼用软膏等也由这里配制；五是中药房和中药制剂室；六是药品检验室，负责对自己所配制的制剂进行检查，如果对采购的药品质量有怀疑，有条件的也可进行检验，以保证药品质量和用药安全。由此可以看出，医院药房有一个完整的体系，从小窗口发给患者的处方用药之前其实需要做大量的工作，每个环节都有明确的工作内容和要求，如果某个环节出了问题，都会影响到病人的及时用药和药品的质量保证。因此医院药房不单是配制药剂，还有其他不少工作，把医院药房称作药剂科我认为是欠妥的，称为药科比较合适，如医院内设的业务科室如内科、外科、眼科等等。

改革开放后，医院药业发生了很大改变。普通制剂、灭菌制剂以及中药制剂等基本上实行市场化，医院不再自己配制药剂，只需向市场购买成品，这对人力、物力都是很大的节约。但是新的问题又出现了，企业为了追求利润，不愿意生产一些小剂量、用量少的制剂，比如儿科用药就很短缺，这给治疗造成一定困难。其实医院或门诊部药房都应建立制剂室，可自行解决市场上没有而自己又能够配制的药剂。过去一些医疗单位，大都有自己的"绝招"制剂，为临床治疗提供了丰厚的物质基础。不考虑实际，遇事实行"一刀切"，这不是解决问题的办法。

为了提高临床治疗效果，现在医院药科大都增加了新的科目——"临床药学"。它的任务是参加临床治疗的讨论，并对一些药物进行治疗监测。药物的使用,说明书都有规定,但病人个体性差异很大,同一药物用于不同人体,可能效果不一样。因此服药后,进行体内药物血液浓度的测定,看其是否达到了治疗浓度,给医师提供参考,调整剂量或改变用药等,使治疗更加有效,同时防止发生意外。举个例子,如一癫痫病患者,用抗癫痫药物治疗了一段时间后,效果并不理想,这时可进行体内药物浓度的测定,看其是药物用量不够,还是用药不当,如果测定显示血液中药物浓度不足,需要增加用量,可以据测定结果进行计算,再给他一个能产生疗效的合适剂量,这样既防止了药物剂量过小效果不佳,又可防止盲目增加剂量引起中毒。如果测定已达到治疗浓度而疗效不佳,说明该药不对症,应当进行药物调整。临床药学为临床合理用药、提高治疗效果起到了很好的作用。以上这些就是医院药业的基本概况。

2. 自学三年,学完大学主要课程

从解放军第一军医学校毕业后,我被分配到南京军事学院中心门诊部工作。不久单位让我负责门诊部药房工作——药房主任。所谓中心门诊部,其分科比较细,分内、外、五官、口腔、妇、儿、检验、放射、药房等科室。学院各个系都有门诊部,小病就地治疗,他们解决不了的问题,可到中心门诊部进行诊治。学校门诊部的特点是白天工作人员看病的多,晚饭后学员看病的多。既然是中心门诊部,不但病人多,病情也比较复杂,因此,用药范围也比较广,涉及的药物品种较多。药房有七八个工作人员,只负责调配常用普通制剂和调配处方,药品从学院卫生处药库随时领取,不负责采购,也不贮存保管药物。药房虽有配制与调剂之分,但多是集中工作。处方少时,大家集中力量配制制剂,并将整装药品分包成小剂量。解放初期,制药工业不发达,成品剂型不多,药品大都是大包装,多是 500 克(片)瓶装或(纸)袋装,药品到了药房必须分成适合病人服用的小剂量包装,如将 500 克粉剂分成 0.5 ~ 1.0 克的小包装,就要分 1000 ~ 500 包,这个工作量很大。

另外,药房还要配制一些半无菌制剂,如滴眼水、眼用软膏等。

说到这里,我想起给学院院长刘伯承元帅配制眼药膏的事。大概是 1956 年四五月份,门诊部主任谢井找我,说刘帅眼病需要"黄降汞眼膏",市场购不到,咱们能否配制,我说原料都有,就是配制条件差些。谢主任讲,因陋就简,能否想办法解决,关键是保证质量。我说一般不会有大问题,质量基本可保证。商量后决定由我来配制。随后我们按照配制要求,对配制用具等进行了灭菌消毒,因没有无菌间,就在普通制剂室进行,对配制环境进行了紫外线消毒,严格操作,尽最大努力减少污染。眼膏制成后我们自己先进行点眼试用,无不良反应,后用灭了菌的玻璃纸包装,并配上消了毒的小玻璃棒(将药膏涂入眼内用),统统装入纸袋,写上用法交给了谢主任,并补开了处方。当年物质匮乏,国家元帅也只能这么凑合。

因为处方多人手少,药房工作比较繁忙,工作时间拉的较长,晚饭后学员看病的比较多,特别是夏季,晚班几乎不能休息。学校以教学为主,要求比较严格,因此必须把工作做细做好,以适应教学的要求。

工作虽然比较繁忙,但想到刚从学校毕业,我应该趁热打铁,将本科主要课程学习一遍,以巩固和提高业务水平。于是我将中午、晚上的休息时间以及节假日等,都安排为自己的学习时间。我用了大约三年多的工夫,学习了药物化学、生物化学,药剂学、药物学、药理学以及中药学等相关 10 多门功课,也抽空参观了军区总医院和地方一些大医院,因此知识层面深化了,视野拓宽了,自己的业务水平也提高了。

1957 年,爱人从西北第六陆军医院(后为第四军医大学附属医院)调到南京军事学院附属医院,我们结婚不久的分居生活很快结束了。

1958 年,部队整编,撤销南京军事学院附属医院,医院要整体迁往北京,为照顾我们的夫妻关系,把我从门诊部调到医院。10 月份医院正式启动搬家工作。爱人当时怀有身孕,随医院大部队先期到达北京,我与其他几位同志留守,等待装车押运物资。

3. 千里押车进北京

医院是整体调动,所有装备包括药品器材等都要运往北京。包装材料是由院务处和药房共同提供的,原则是各科器材自行包装,做好登记、填好装箱单,药房派人核对。药房是医院药品器材的大管家,包装本部门的物品器材,同样也要登记和填写装箱单,然后全院集中统一编号登记。除了主任,我是药房唯一的男子汉,年纪轻,因此大部分工作由我负责完成。

押运物资到西直门站留念

为了搬家,个人也要做一些准备。那时行装很简单,只有常用的衣物、被褥和少量书籍。桌椅板凳以及床铺等都由单位提供,不用自己搬运。因为搬家,我把不常用的东西都处理了,只留了一床被子和褥子,供爱人使用。我用卖了东西的钱和现存款购买了一个藤子书架、一把藤椅和一架中高级照相机,到北京再置理家当。

医院指派张协理员负责,加上助理员张清泉、男护士周仁嗣、炊事员老张和我五个人押运货车。我们11月初开始装车,大概装了六七个车皮,从南京运往北京。押运货车可是个苦差事,火车走走停停,总是给客车让路,经常停靠在前不着村后不着店的地方。车一停,我们必须轮流下车巡逻,白天还好,夜晚又冷又黑,拿着手电筒围绕列车上下左右巡查,很辛苦。那时社会治安很好,一千多里路走了七八天,什么事也没发生,安全到达北京西直门车站。火车到站时天已经黑了,北风呼啸着,天气很冷。到站后车站工人们很快将货物卸下车,堆放在货场。那会儿通信很不方便,张协理员可能是通过车站电话与301医院联系上了(初来京,归301医院管,还不知有309番号)。深夜,刮着大风,我们把箱子摞起来,做成挡风墙,轮流放哨,凑合了一夜。这一夜,谁也没睡觉,大家都盼着天亮了来人换我们或者来车运货。第二天大约九点钟左右,货场附近有几位军人在转悠,他们穿着大衣,看不见军衔。他们不理我们,我们也没有理会他们,初来北京,人生地不熟,又重任在肩,不敢轻易找人说话。大约11点多,医院终于来人换我们回单位。事后,押运货物的负责人受了批评,说那天早上去货场的是301医院的一位副院长,我们没有主动与他联系、汇报,缺乏组织观念。听到这件事,我还真不服气,你是上级部门又是首长,既然来检查或视察或看望,你完全有权力有责任提示在场的人员,我们毕竟是初来北京的部下,不认识任何人,你有权力让他们向你汇报有关情况,这是顺理成章的事,反来批评下级,何理之有!

到了北京,我首先要安置自己的家。原来想到了京城,买东西会方便些,谁知北京供应很紧张,被套很难买到,就是水壶什么的,也不是随便能买到的,事后才觉得自己净办傻事。

4. 积极筹建医院药局,首开中药处方外购药

到京后医院就进入紧张的筹建工作,药房是医院医疗物资保障单位,筹建任务更加繁重。我们进驻的是原北京胸科医院所在地——海淀区黑山扈。他们留有少量的设备,如桌椅以及一些柜架等,药库还留有一些器材,没有账目,我们进行清点登记,因陋就简,能用的稍加维修先用起来。正忙时,医院接收了一位重病人,经中医会诊,开出了第一张中药处方。在南京时医院药房未设中药房,不备有中药。我们收到处方时已是下午七点多了,到哪里取药?据讲西苑医院离这里最近,去那儿取药比较方便。谁去?药局四个人,除了主任,男性就我一个,非我莫属。可是刚到北京就一头扎进医院筹建,连大门都没出过,对北京可谓两眼一抹黑,西苑医院在何处?经介绍才知西苑医院要经过颐和园,在西苑汽车站的南边。医院派了一位司机开车与我同去,他也是初来北京。已是晚上八点钟了,眼前一

片漆黑,还刮着四五级大风,天灰蒙蒙的,到了车站,北边近处是一排不完整的平房,南面远处是一垛大围墙。我俩想,西苑医院是个有名气的大医院,应是大门宽敞、灯光耀眼、标志清晰,怎么看不到呢?我们继续向前走,到了北大西门,再打听,看门人指着西南方向说,往那边去吧,可以找到。我们于是又返回来找,仍未找到。那时西苑几乎没有什么单位和住家,一片荒野,我们看到有灯光的就去敲门打听,最后遇到一家知情人,他走出门外帮我们指点着,终于找到了,实际上我们一直在围着西苑医院兜圈子。取药没费多大工夫,大约十点多钟取回了中药,即时煎煮,供给病人。这是我们建院的第一张中药处方,也是唯一的一次用处方外购中药。

5. 为建中药房,远行千里提取中药架

第一个中药处方的用药解决了,但颇费周折,作为综合性医院,理应有自己的中药房,筹建中药房被列入 1959 年医院计划。建中药房谈何容易,那时实行计划经济,采购物资须先报"户口(立户)",再做计划,才能申请采购供应。成立中药房涉及中药材、药架、房子和人员等诸多问题,房子可以内部进行调整,中药材可申请报计划,最难的是药架和专业人员。当时木材紧张,木材用具一律凭票供应,再说市场上哪有现成中药架子,如果自己制作,还要申请木材,这要等到猴年马月。经多方了解,内科军医陈士惠(后为内科主任)家新中国成立前开过中药店,现已歇业,药架放着无用,愿无偿提供给医院使用,但现在这些药架是否还适用,须派人去看看。陈是陕西礼泉县人,我和他是同乡,比较熟悉当地情况,医院便派我去办理此事。此时是 1959 年 4 月,爱人刚生产,母女需要人照顾,我去陕西顺便也可以接母亲来京照顾爱人和孩子,正好公私兼顾。从西安到礼泉县陈家 100 多公里路程,交通不便,乘车加步行,起早赶路,到陈家已是中午。见到他的两个兄弟,说明来意,看了药架,虽比较陈旧但很结实,两个饮片架,还有一个成药架,很适合使用,决定全盘接受。但如何

运到西安火车站,令人发愁,只好求助陈家帮忙,他们在村子里好容易找到愿意帮忙的人,谈妥了价钱,交了搬运费。第二天这帮人如期将药架送到了西安车站。托运还得包装,我找到车站军代表处,请他们帮助找到草包与草绳,进行包扎,并办了托运手续,一切进行得还比较顺利。十多天后,货到前门站,运回医院,稍加维修和整理,中药房的架子就算搭起来了。但还缺少药剂人员,谢井副院长与南京多方联系,聘请到一位药工。经过半年的不懈努力,中药房于1959年上半年正式建成,开始配方了。

6. 下放劳动当队长,大搞积肥备春耕

劳动队同志合影第一排右一是作者

1958年底我们从南京来到北京,是一个新成立的单位。那时实行计划经济,物资匮乏,供应比较紧张,又处于隆冬季节,连吃白菜也有计划(计划供应),这个冬天就这么凑合着过了,来年就得安排搞农副业生产,解决吃菜问题。原胸科医院留有些底子,山上有个小牛奶场,养着几头奶牛,院北边有个小养猪场,还有几头猪,病房大楼北侧有几亩地的葡萄园,东井(地名)还有几亩菜地,同时还留守有几位工人师傅,这些都是开展

农副业生产的有利条件。搞好农副业，关系到全院工作人员的伙食改善问题。院里决定，自力更生解决吃菜问题，种菜必须要有肥料，开春之前先解决肥料。1959年初，院里决定利用下放劳动的契机，从院内解决肥料问题。春节刚过，医院抽调医护人员和机关干部20多人，组成积肥队，下设两个小队，我为大队长，机关助理员马世明和牛长元两位同志为副队长和两个小队的队长，号称"驾辕（袁）牛马"积肥队。我们先后将院内10多个化粪池、牛圈、猪圈进行了掏取和挖刨。化粪池多年未掏，结了厚厚一层的屎垢，这是最好的肥源。掏粪池活不但又苦又累，更是臭气熏天，掏粪便没有工具，我们自己想办法制作。自制的长把淘粪勺，只能掏取粪便上部较稀部分，底层的凝结部分很难掏出来，只好人下到化粪池里，用喝水缸子一缸一缸地把粪便盛到小桶里，再吊出地面。下粪池得蹲着干活，不一会儿就腰痛腿酸，粪便溅得衣服上到处都是，下班又不能洗澡（院里规定每周日上下午为男女各半天洗澡时间），走到哪里都有一股臭味。但那时，人们的思想觉悟很高，大家从不嫌臭，也不叫苦叫累，以苦为乐，以臭为荣，齐心协力把全院化粪池掏了个干净。

下放劳动运肥

北京三月,大地还未解冻,加之牛圈、猪圈踩踏得很结实,铁锹压根铲不动,只能用镐一点一点挖。一镐下去冰粪渣四溅,干完活,满身的粪渣,大伙累得腰痛背酸,甚至手上磨出了血泡,没人叫苦叫累,还争抢着干重话,干劲十足,最后把两个粪圈收拾得干干净净。正是开春时节,我们又对全院进行了大扫除,逐一对病房大楼周围、宿舍楼前后,院内旮旯里的杂物、杂草、树叶等进行了清扫和整理,既增加了肥源又整洁了院容。经过一个多月的辛勤劳动,院里积肥 500 多车,为搞好本年度的农副业生产提供了坚实的基础,也使院容焕然一新,一个崭新的焕发着青春活力的、设备比较完善的综合性大型军队医院屹立在北京西山脚下。

7. 书生意气搞新药物,脱离实际终放弃

我自学完大学课程后,不知为什么特别喜欢药物化学,先后读了蒋明谦著的《药物化学》、林启寿著的《植物药品化学》、朱颜著的《中药的药理与应用》等多部药物化学方面的书籍。我们医院设有结核科,治疗药物主要是对氨水杨酸钠、异烟肼等,中药还用到大蒜等。我猜想,能否将异烟肼与大蒜通过化学合成一个药以提高它们的治疗效果?我越琢磨越有意思,想了很久,寻找出了合成路线。我也请教了有关专家,他们给出的答案和文献一样。文献是这样阐述的:两个有效药物相加既有增效的也有减效的,还有不增不减和原来药物一样的,只能从实验研究找答案。当年我年轻心盛,把合成结果总是往好的增效方面想。我找结核科专家和院领导,说明原委,经几番努力,大家都同意我做试验尝试一下。说起来简单,做起来谈何容易,首先遇到原料问题。一种名叫氯代乙醇缩乙醛的原料药很难找到,经打听上海第二制药厂是制作原料药物的药厂,联系后得知他们确有此药,但纯度只有 60% 左右。我和他们商量能否将浓度提高到 90% 左右,他们讲比较困难,但同意试着制作,尽可能提高其纯度。合成用的其他原料,如硫醇等市场上可以购到。关于合成路线与条件,我

还请在236(解放军军事医学科学院)做研究工作的同学杨松成帮我查找了一些资料。万事俱备,只欠东风啦。通过组织联系,请236帮助,最终同意我到他们单位化学室进行合成试验,当时大概是1959年7月。为了确保合成试验成功,我还请教了该所宋鸿锵教授,他们还指定顾志新研究员帮助指导我搞合成,对于兄弟单位的鼎力支持我真是求之不得,感激不尽。几次试验后,一种新的产品顺利诞生了,我们对它的性质,如溶解度、熔点等进行了测试。我为它起名叫"乙硫烯异烟肼"。此品有一股很浓的大蒜味,性能很不稳定。为了进一步改进产品的性能,我们还要做大量的试验,但后因原料缺乏,终止了合成。到了1962年,结核科主任穆志平旧事重提,希望继续合成研究该药,院领导指派药师李欣去236进行第二次合成。合成后,成品送交北京市结核病研究所,请求做动物实验研究,结果证明该药与异烟肼疗效无显著差异。我们是医院,是负责治疗的,不是研究机构,不可能投入很多人力物力从事药物研究工作,折腾了很长时间最终因各种原因而放弃了。此事给我很大触动,一切事情都要从实际出发,单凭热情不可能解决问题,还是老老实实、脚踏实地搞好自己的业务工作。

8. 参加国家生物医学座谈会,拓宽视野长见识

1973年八月下旬,院领导通知我去参加在京举办的瑞典生物医学座谈会及展览会。我感到有些蹊跷,20世纪70年代,生物医学在中国比较生疏,生物制剂倒有一些,如疫苗、类毒素制剂等。生物医学与生物药物还是两码事,参观展览我可以,但作为学术交流,我可不行。学术交流一般都使用英语作为官方语言。中国20世纪50年代的语言学习是"一边倒"的,在校学习的都是俄语,当时我已经能阅读一些俄语的中级专业杂志了。60年代末,中国与苏联关系恶化,他们撕毁合同,撤走专家,原来的杂志看不到了,我又改学英语,但也只能阅读中级的专业杂志,压根不

会用英语会话,让我去参加学术交流,是赶着鸭子上架,我有些犯怵,认为还是不去的好。领导看出我比较为难,宽慰我,用不着你说英语,那儿有翻译,听就是了。领导还交代了不少参加国际会议时的注意事项等。

参加会议的中方有 10 多人,分别来自北京、上海药物研究所和中国医学科学院、上海生物研究所、北医、首医等八九个单位,但部队方面就我一个人。中方的负责人是上海生物研究所冯德培教授。瑞典方参加的有 18 名人员,牵头的是瑞典皇家工程学院院长(姓名不详);还有卡罗琳斯卡学院一位著名教授,另有七八家药业公司人员。中方设有接待组,吃住都在西颐宾馆,会场设在主楼三层。中方人员集中后首先由中科院、医科院、卫生部分别介绍了瑞典的国情以及这次交流展览的基本情况。当时瑞典有 800 多万人口,生活比较富裕,仅次于美国。160 多年来未发生过战争,热爱和平,反对战争也害怕战争,与我国建立外交关系比较早,比较友好以及该国医药工业比较发达等等。之后我们还学习了我国有关的外交政策,如友好接待,不卑不亢以及有关保密措施,如不能说明身份、单位,不能提出与会议无关的问题等等。然后发给我们几份有关材料,个别材料还要保密。最后进行讨论。这样大约用去了三天时间。接着是会议开幕式和参观。展览会设在农展馆,规模不大,主要是药物和少量制药机械。学术交流会进行了三四次,专业性很强,有肾上腺介质的释放,前列腺素对肾上腺素介质释放的影响以及排空等等。瑞方讲完后,大家一起进行讨论,也可提问。研究部门的同志提出一些问题和他们讨论,我只是听,没有提问,怕出问题。另外我们还与几个药业公司进行了交流。我们只是交流,不能采购。最后会议进行总结,写出简报,整个会期共计 14 天。那时我们国家比较保守,保密工作要求非常严格,这一点恐怕旁人也能看出来,整个会议期间题外话多一句都没有。通过交流和参观,我了解了国外有关药物的研究、生产以及临床使用等,有些内容比较新鲜。国内学术交流参加过一些,但与国外进行学术交流还是第一次,拓宽了视野,增长了不少见识。

9. 三年困难时期，生活艰苦共渡难关

20世纪50年代末60年代初，中国和苏联关系恶化，苏联撤走了在中国工作的所有专家。我国农业又遭受自然灾害，加上政策上的失误，国家经济受到很大损失，人民生活受到严重影响，这段时间称作困难时期。在我的记忆里，主要生活用品如粮食、油、肉、糖等的定量比先前都有所减少。北京居民定量粮食每人每月26斤，肉、油各二两（以16两计），糖每户半斤。部队粮、油定量稍微多一点，但比先前也有降低。市场上根本看不到副食、糖果、水果等，货架上基本没有什么东西。为弥补主食不足，医院组织过大家打树叶，将树叶捣碎、浸泡、提取，掺入面粉，做成馒头（馒头颜色呈灰黑色），但味道实在不敢恭维，不仅硬且发涩发苦。院里还抽调人员培养小球藻，与主食混合，可做馒头也可做饼，比树叶好吃一些。院里还号召大家盆栽蔬菜，以缓解困难。灾荒年里，人老是感到吃不饱，总有一种饥饿感。当时我们家住在筒子楼三层，我有几次中午下班回家，走到二层就开始头昏眼花、两腿发软，感觉是饥饿的问题，于是坐在楼梯上休息一会儿，缓过劲来再接着爬楼梯。这期间，我发现自己患上了黄疸，这是肝脏出了问题，住医院治疗了一段时间。那时，我们已有三个孩子，爱人也是上班族，根本无暇照顾他们，于是我们将母亲从农村接来给我们搭把手，母亲没有北京户口，在一切生活必需品都需要票证的年代，使生活更加困难。如前所说，为了渡过难关，母亲为我们排忧解难做了很多事情。

为了减少体力的消耗，医院把原来每晚一个半到两个小时的学习、开会时间取消了（原白天工作八小时之外，晚上还要安排学习，周六除外），好让大家休息。大概到了1963年下半年，市场供给情况逐渐好转，凭着户口本可以买到定量供应的、黑颜色的块糖，买来给孩子们分着吃，她们

68

可高兴了。除了战争年代,这是我一生经历过的最艰苦的一个时期。

10. 勤奋学习业务技术,编著两本书

第二排右二是作者

三年困难时期,我负责调配制剂,上班时我抓紧完成各项工作任务,利用工作空隙和晚上休息时间看书学习。我总是想,一个人搞事业,不学习提高、不吸收新的"血液",是不可能搞好工作的。所以,我一有时间就看书或去图书馆查找资料,很少扎堆聊天。年轻时养成的习惯到离休了,也没有改变。我还根据自己的工作经验和体会,总结了滴眼制剂的配制,写成

《滴眼剂的配制》一书。凭借此书,我于 1962 年去上海参加了总后卫生部医学科学委员会药学专业组第一次会议。本书受到较好评价,但因各种原因未能正式出版。

20 世纪 90 年代之前,部队所有医疗单位,几乎都自己配制制剂。为了加强军队医疗单位制剂的标准化、规范化管理,提高制剂质量,确保用药安全有效,总后卫生部组织军内药学科技人员,我也是其中一员,根据我国 GMP(药品生产质量管理规范)的有关规定,结合军队医院制剂生产和管理现状,在总结经验的基础上,编写了《中国人民解放军医疗单位制剂规范(1985 年版)》(以下简称《规范》),90 年代由于药剂的发展,又对该书进行了修订,出版了 1991 年版。该书规范了全军制剂配制、检验标准等,对保证全军制剂质量、安全有效起到了很好的作用。改革开放后,医疗单位基本都不配制制剂了,《规范》也就退出了历史舞台。

《规范》收入的制剂,都是各大军区报上来的,也可以说是各大军区医疗单位最常用而且最有效的制剂。但《规范》不可能照单全收,而是选择了其中有代表性的制剂,不少制剂被删掉了。《规范》完成之后,我觉得那些被删掉的制剂仍然有一定的价值,于是我收集整理了这些资料,将它汇编成册——《制剂汇编》。该书共收集 20 多个剂型,300 多个制剂,16万多字,几乎概括了全军医疗单位 70%以上的制剂品种。但限于当时的设备条

件和技术水平,因没有搞出质量标准和检验方法而被搁置。虽然过去了数十年,但至今我仍认为它对研究开发新制剂有一定参考价值。

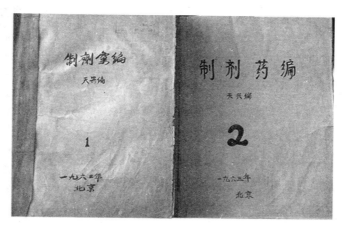

　　20世纪90年代,由总后卫生部有关同志组织,共同编著了《药师手册(1982年版)》及该书的1998年版。两版我都负责编著《药剂学》以及《附录》。该书共分九篇53章,另加附录,计1882千字,概括了全职药师应该具备和了解的基本专业知识。所谓"手册",应是药师必读之物。该书受到广大药学工作者的欢迎,第一版发行后,很快被抢购一空,人民军医出版社又进行了第二次印刷。由于科学技术的迅速发展以及计算机在药学工作中的应用,时隔五年,我们又对1982年版的《药师手册》进行了修订,对药政法、药物学、药剂学、临床药学、药品检验、实验室技术等进行了增补和修改,使它能够反映当前此门科学的前沿水平。21世纪初,该书又准备修订第三版,编辑组征求本人意见是否参加,那时我已离休,许久未接触业务,因而婉拒了。

第二排右二是作者

20 世纪 60 年代初期,解放军总参谋长罗瑞卿要求:医生开处方时药品名称一律使用拉丁文书写。为了落实领导的指示,医院组织医务人员学习拉丁文。但学过拉丁文的人很少,我在学校学过并有现成教材,于是医院让我利用下午时间给全院医务人员上拉丁语课。课完后,我们编写了《药物名称中拉丁文对照》手册,为了使用方便,需印发给大家。去正规印刷厂印制,数量不多价格又贵,不划算。进行油印比较节省还适用。但社会上这个

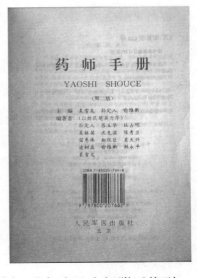

行业不多,能中外文刻板印刷的更是凤毛麟角,我们在地安门附近找到一家誊印社可以承担此事,待他们刻板完成后,需要校对,我和药师李克健

乘公交车每天早出晚归,大约一周校完,印成后发给医生人手一册,受到大家的欢迎。

11. 参加"四清"工作队,接受"再教育"

1963年9月,总后勤部组成"四清"工作队,去青海贵南军马场进行"四清"工作(即清政治、清经济、清组织、清思想)。309医院有多位同志参加,我是其中之一。去之前我们在京学习了"四清"的有关文件,并介绍了马场的有关情况。9月初出发,乘火车三天才能到达西宁。夏末初秋的北京还很暖和,而西宁却仿佛已是深秋时节。到达西宁已是晚上,又赶上阴天,气温比北京低多了,除了绒衣还得穿上棉大衣。第二天,大家为生活起居做准备,利用时间到街上转了转,第三天我们乘坐篷子车,启程前往贵南马场。从西宁到贵南马场,大约七八百公里路程,原准备用两天的时间,但中途夜晚住宿问题难以解决,于是改变主意,起早赶晚用一天时间赶到。当天早晨我们5时起床,乘车紧赶慢赶于当天下午5时多到达目的地。场里群众知道工作队到了,全部跑到场部欢迎我们。马场处于西北高原的一个丘陵地带,海拔3000多米,空气相对稀薄,有些同志已出现高原反应,队领导叫我院同去的叶景松医生和我去巡诊,给高原反应者做些医疗处理。大部分同志都很年轻,才30岁左右,有点轻微反应不在乎,我们给个别反应大的同志服了药。到马场的第二天早上起床后,全体工作队员集合,打扫卫生,把场部周围打扫得干干净净,发扬了"老八路"作风。

马场范围很大,分有马队、羊队和农业队。我被分配到去农三队的那组,共四个人,西宁办事处和总后去的两位处长分别为正副组长,还有总后财务部一位助理员。正副组长和我都是党员,我被选为党小组长。四个人都有分工,我分管厨房、农工组、马车班和维修组。分工后,我决定先去厨房,大家反映一是伙食不好,二是卫生差。我边跟班劳动边和炊事员谈心,看他们做什么,怎么做,聊聊他们有什么想法,和他们混熟了,他们感到我这个人还实在,什么都愿意跟我说。于是我建议利用空闲时间打扫厨房卫生,把厨房的犄角旮旯儿都给收拾干净了。对于伙食比较差,我认为是调剂问题。这里常吃"手抓"(即带骨头的羊肉块),随便吃不限量,我感觉味道差些,于是我在调料上下功夫,味道有了改善。青海主食主要是面食,那时没有富强粉,全是标准粉混合着青稞粉,做成的馒头、面条,吃起来口感发黏。我和大师傅多次研究,从发面、加碱以及混合比例等入手,经多次试验,主食口感好多了。大家反映伙食改善的不错,我就转到马车组去了。赶马车是个有趣的事情,靠口令和鞭子,叫马停它就停、叫它走它就得走、叫马跑它就得跑。慢慢地,我也学会了扬鞭和"叫令",甚至可以单独出车了。我们几个人虽有分工,但分工不分家,我年轻什么都干,包括杀猪宰羊等都积极参加,末了全工作队总结,数我参加劳动天数最多。

后来组里又让我管家属工作,家属中的事不少,吵嘴打架的有,小偷小摸的有,闹事的也有。我先进行家访,了解情况。一天我到一家家访,女主人在家,我讲,你认识我吗?我是工作队的,她讲,知道。我问,你是什么地方人,她说是河南的,又问,你爱人叫什么名字?她说不知道,我感到有点新奇,心想农村来的,可能怕羞不好意思讲,便改口问,你爱人姓啥?她还说不知道,一问三不知。后来我就和她聊起婚姻事以及她怎么来的马场等,她都说的很清楚。最后我又问她爱人的姓名,她仍说不知道,我心里觉得好笑。事后我向场里领导问起这位女同志的情况,他们说她可能就是不知道丈夫的姓名,真是少有的新鲜事!

家属工作有一个阶段叫"放包袱",一是解决家属中的实际问题;二是让家属给场领导提意见。有一位团员姓陈,群众对她意见不少,但往往是别人意见还没说完,她就急忙站起来把人家的发言顶回去,我三番五次劝阻她,她就是不听,会没法开下去了。我犯了急躁病说,你这个团员不够资格,可以开除你的团籍。她听了后有意见,说我给她下结论了,她想不通。事后我也感到后悔,向组长做了自我批评,并向陈某做了道歉。1964 年初,陈姓夫妇俩要调往山丹马场去,临走之前我又与陈某进行了一次谈话,除自我检查外,我还对她提出一些希望,她高高兴兴地离开了马场。

农三队耕种5000 多亩土地,种有油菜、燕麦和青稞,预计产量达200多万斤。10 月到11 月正是农忙季节,时有大风刮起,天昏地暗,门窗虽紧闭,地面仍落得薄薄一层沙尘,北京风沙与这里比较简直是小巫见大巫。收割都是机械化操作,早上出车到晚上十一二点钟才收工,在农工们的辛勤劳动下,收割的粮食堆积如山,真是一个大粮仓。我们只能跟着打杂,如送送饭、跟跟车,但始终和大家一起干,干得挺痛快。

来年春节前夕,粮食很快被调出,据讲是调往灾区和贫困地区的,几乎每天都有车来,少则四五辆,多则十多辆。有一天午饭后突然来了20多辆车,恰好两位组长去场部开会,于是家里的事交我管。一下要给这么多车装粮食,我发愁了,但任务必须得完成。于是我与队领导商量,把队里能干活的,包括家属、小孩,全体动员集中起来。我站在麦堆顶头,发出"动员令",号召大家克服一切困难,拿出百倍干劲,坚决按时完成任务。大家真拿出了干劲,干得热火朝天,装袋的、扎口袋的,动作麻利,这种场面以往难以见到。大家的干劲感染了司机们,他们也跳下驾驶座动起手来,真帮了大忙。我吩咐炊事员赶快去烧开水,让大家休息一会儿,有的人喝口水又接着干,没人休息,场面很是感人。天黑前,20 多辆车全部装满粮食,送走车队,我终于松了口气。两天后组长开会回来,就装运粮食的事批评我,你给来车装粮不高兴,思想有问题啊。我说突然来这么多车要装粮,时间又短,人力少,以前也没有遇到过这种情况,我承认有畏难情绪,但如果真不高兴还按时完成装粮任务,这怎么说?回顾往事,出力不讨好的事不少,我这个人过于直率,易于表露情感,给人以不好的印象,有啥办法呢,一辈子就这个直性子,就这秉性改不了。

　　青海冬季取暖,主要是靠牛粪或者羊粪,那里没有煤炭和柴火,我们要到野外去捡牛粪。按常理牛粪是很脏的,但在青海高原则完全不同。牧放的牛群随走随拉,遍地都是。冬季高原气候干燥,牛粪很快干了,要是在夏秋季节,牛粪发酵干得更快,结成一个整块,且毫无气味。人工捡操作也很方便,手一抓就是一整块,一天能捡好几麻袋哩。野外捡粪,往往遇上藏民,我感到新奇,就去他们帐篷里看看。藏民对我们也特别热情,招待我们喝奶茶。客随主便,进了帐篷,席地而坐,只见他们一手拿碗,一手抓取牛粪,放入碗里,既灵活又快速地用手旋转牛粪擦着碗,顿时,碗被擦得明光锃亮,然后放入糌粑,倒入牛奶(也有用羊奶或马奶的,随着去羊队或是马队而定)。糌粑是用羊毛织成的口袋包装的,取糌粑时,糌粑上常粘有羊毛,他们根本不在乎,糌粑混着羊毛喝,这是我亲眼所见,由于我们是搞卫生工作的,平时比较讲究,看着这一碗粘着羊毛的糌粑,真是难以下咽,但若不喝,他们会认为你看不起他们,入乡随俗,只好硬着头皮喝下去,也没有发生什么事。后来碰到这样的事多了,也习以为常,不觉得有什么别扭的了。

　　四清工作搞了半年,终结时要求每个人写出总结。我从思想、精神面貌、工作态度、群众观点等多方面进行了总结,特别是广大职工在西北高原,经风沙度严寒、吃苦耐劳,为国家创造财富,为部队育养战马,处处践行着艰苦奋斗的精神,青海之行对我教育很大。同时我也检查了过去工作中的缺点,感到通过四清工作自己收获不小。最后队里给每个人再作出鉴定。过去单位也常有鉴定,看过就交了。这次有时间,我把它抄下来了:

　　(1)始终遵守党的政策,工作积极主动,事业心强,肯动脑筋想问题;

　　(2)坚持学习毛著,改造思想,指导工作;

　　(3)善于做群众工作,团结同志,态度和蔼平易近人;

（4）大胆泼辣,雷厉风行,工作细致,作风踏实,组长不在期间,工作做得比较好;

（5）积极主动参加劳动,不怕脏、不怕累,与群众"三同",关心群众生活,为住户修理门窗等;

（6）工作忙时有急躁情绪,有时不太注意工作方法。

12. 建院初期付辛劳,调资提级没有门

20世纪50年代末60年代初,国家处于困难时期,工资一直未涨。后来经济形势有所好转,1963年部队进行调级增加工资,这是人们盼望已久的事,但结果却让我很失望,全院所有人员都调级增加了工资,就剩我和医务部助理员柳耀湘同志不给调。我有些想法,去问干部部门,他们推说是院党委定的,又询问院党委有关成员,他们也实在讲不出多少服人的道理。我想不通。建院初期,我在农副业生产中出过力;药局初建时,男子汉只有我和主任,我是干活的,重活、累活、脏活以及没人干的活,我都承担了,没有功劳也有苦劳,多劳者得不到领导的重视和鼓励,关键时刻还受到挤压,谁遇到了都会有想法,思想不通。于是有时发点牢骚、讲点怪话,发泄不满,比如说:吃的是驴的料,干的是骡子的活。那时生活困难,我们在房子周围空地里常种点蔬菜,但收获寥寥无几,因此又发牢骚:人倒霉,种东西只开花不结果。至于工作中的缺点,也能找出一些。最主要的是一次配制生理盐水注射液,溶解后分装前送药检室测定,结果浓度稍低了一点。按理讲,低多少应该进行计算,再称量加入食盐使其达到标准浓度。原本很简单的事,我怕麻烦图省事,凭主观经验估计着加入食盐,加入后又没有去再测定,就进行了分装。成品后经测定,浓度又偏高了点,只好重新返工,造成人力物力浪费。为此我接受批评,并做过多次检查。

我喜欢钻研业务,编写了两本制剂方面的书,有时也写点小文章,因此,我又成了资产阶级成名成家走白专道路的代表,遇有政治运动、政治

学习以及一些会议等,都是被批评、批判的对象。学习业务技术成了一种"罪过",这固然与当时大气候有关,也与一些人不爱学习,见别人学习也有意见,动不动就给人家扣上大帽子。其实看书学习、写写东西,是一个人的爱好、志趣和追求,也是一个人的生活习惯。年逾八旬,休息在家,我每天早晨必听中央人民广播电台新闻联播和报纸摘要节目;晚上看电视新闻联播节目;个人订有《北京青年报》、《参考消息》,集体订了《中国书画报》,干休所还发有《中国老年报》等,天天读报看书,写写画画。难道这也是在追求名利吗?

　　还记得有这么一件事。那时居住在筒子楼(法国人留的旧教堂),邻居之间挨得很近,没有厨房,做饭炒菜都在走廊里,邻居做什么吃什么,都能看得一清二楚。一天药局肖主任找我谈话,说:有人反映你炒菜做汤老给里面加些粉状的东西,你加的是什么? 真是莫明其妙,我给自己做饭吃,不可能拿药房的药物往里面加吧,做的是饭不是调配制剂,除了调料还能加什么呢? 不会把阿斯比林、青霉素往菜饭里加吧? 我这人老实说老实话,哭笑不得地说,炒菜油少(定量少),加点五香面调味,有问题吗? 他尴尬地支吾道是别人反映的,我问一问,让我走了。至今五香面仍是我炒菜必备之调料。那时人们警觉性很高,总是盯着别人说了什么、做了什么、吃了什么? 用显微镜窥视着人,爱打个小报告。可见那个年代人与人之间复杂矛盾的关系,真是令人啼笑皆非!

　　1966 年上半年,"反右派"政治运动开始了。上班时,药局所有党员都不见了,唯独我例外,那是在召开所谓"积极分子会议",我慢慢嗅到可能自己要挨整了,于是做好了思想准备。我回顾多年来自己的所作所为,搜集整理了自己的言行。五月份的一个下午,我在上班的路上,听到人们相互转告着大礼堂贴满了大字报,赶快去看呀。我也随着人流来到大礼堂,只见大礼堂里大字报铺天盖地,原来是揭批结核科一位主治军医的所谓右派言论。我看后不觉心惊胆寒,也许这只是开始,我已感到山雨欲来风满楼。我估摸着自己也大难难逃,要做更多的准备。比如我曾经讲过自己"吃驴的料,干骡子的活",实际是套用鲁迅的名言"吃的是草,挤出的是奶"。当然我不能和伟人比,所以我用低俗的语言来做比喻,我只是对提级调资有意见,发点小牢骚,并无右派言论或对党不满之意。此时我仍怀侥幸心理,既做挨斗准备又作讲理之辩。我当然明白"欲加之罪何患无辞"的含义,那时只要你是目标,就在劫难逃,有理也讲不清,因此后期我已经做好挨整后解甲归田的安排,没想到一场声势更加浩大的运动——"文化大革命"开始了,"反右"运动被冲击掉了。后来有人告诉我,在院党委会议记录中,全院将近20人被划为右派和中右,你是中右。我庆幸自己躲过了一劫,运哉!幸哉!

13. 不要官职,只求学识

医院药局里最大的官也就是药局主任,业务职称是主任药师,当然职称是改革开放后才开始有的。我18岁当司药,19岁当司药长,学校毕业后,做了门诊部药房主任;从门诊部调到医院便成了药师,到现在我也没有弄清楚调令是如何下达的,为何撤掉了主任职务。到309医院也只是药局的普通一员,我也没有想过要什么官职。到了1969年我又被调任为药局主任,1979年因故降职为副主任,1982年免去领导职务,可谓三上三下。做基层领导虽时间不长,但体会颇多。很多工作是上面"万条线",下面"一根针",件件任务都要完成。基层领导就是那根针上的眼,是群众工作的领头羊,一举一动又都在群众监督之下。做好了,没人说,做错了、坏了,意见可就多了,且遇到的具体、琐碎、繁杂的事也特别多,件件都得去处理,面面都得照顾到。

我体会做基层工作得有三会:一是会干,事业是干出来的,包括会干、能干、带头干,己所不欲,勿施于人。基层领导,属于自己工作范围的事,都得会干,别人不会干的、干不了的以及不乐意干的,特别是赃活、重活、苦累活,都得带头干,并且都要干好。在基层当头,光说不干,不是一个称职的领导,你的下级也不会服你。带头干,周围人看着你干,也会受到感染,他(她)们也不能不干,这大概就是榜样的力量吧。20世纪五六十年代,国家执行计划经济,医院的药品器材也是头一年作计划,第二年供给实物。每年春节过后或初冬,我们都要去丰台直供库领取药品器材。通常医院派两三辆汽车,药局派人负责装车和卸车,得跑几个来回。那时机械化程度低,药箱药袋都是靠人从仓库里扛出来装上车,到院以后又靠人从车上扛下来送进库房。我当时作为领导几乎每次都参加装卸,并坚持到底。遇到大型高压消毒锅、车床、铣床等,轻则两三吨,重则五六吨,领取时厂家或仓库都是用吊车装上汽车的,到了医院后放在制剂室或修理室院子门外,门小车进不去。只好先卸在院子外边,我叫上药局的男子汉,发动大家想办法,自己动手解决问题。办法是先用绳索将装有大型机械的箱子捆绑紧,绳子末端留出一定的长度,为了控制箱子滑行的速度。在车子的尾部垫上两块结实的长形木板,使其成为坡形作为滑板;再用木杠从前头将箱子撬起,慢慢挪动,使箱子的一侧进入滑板,到了一定程度,让其滑行,缓慢松动绳子,逐渐让箱子从滑板上缓慢地滑到地面。然后再想办法把箱子从院内"请"进室内。还是利用杠杆原理撬起箱子,在底部垫上几根粗壮的圆形滚木,推动箱子,使其在滚木上向前移动,不断置换滚木,逐步进入室内。我们真是在用古人的办法解决现代的问题啊。总之,人多好办事,我们充分发挥大家的才智,再困难的事情也能解决。为了改善工作环境,我们还发动大家捡砖头,将制剂室院子、地下库房的地面,全部铺上了地砖,整洁多了。我们还开荒地种植中草药,建成了有四十多个品种的中草药苗圃,其中还包括人参等名贵药材。这些都是我带领大家一起干的。

二是会讲。基层领导,整天与群众在一起,凡是上面传达下来的、本单位要办的计划总结、工作安排、政治学习等等,没有不需要领导讲话布置的。如果每次讲话都淡而无味,很难激发和调动群众的积极性。讲话是种艺术,也有技巧,要结合政治活动与任务讲,结合自身业务讲,结合当前工作需要讲。讲一项事务、一项任务、一份工作,都得有层次、有道理,用你的语言阐明道理去影响人、去感化人,让人听了感觉就是这么回事,就得这么做,只有这样才能把工作做得更好,讲话也就起到了作用。讲话应尽量避免平庸无味、讲与不讲一样。一个不会讲话的领导,不是位称职的领导。

三是会写。基层领导写材料虽不多,但计划、总结以及专题报告等,都应亲自动手写。计划总结等,本来就是领导的事,即使他人根据你的意思完成了文稿,也未必能完全真正领会领导的意图和对通盘工作的考虑。作计划写总结的过程本来就是思考、斟酌工作的过程,属于领导的业务范围,在写作时任你在自己的思想空间畅游,把工作安排、总结等考虑得更细致更全面,把事情说得头头是道,实事求是,入情入理,无论领导还是群众看了,也难找出大毛病。找旁人代劳,是决无这份心思和情绪去完成这些工作的。当干部的,就得干当干部的事。

我觉得"三会"是做基层领导干部最起码的条件,也是基层干部的基本功。缺少这样的基本功,很难圆满地完成党所交给的任务。

我在做领导时,还遇到几件事,很难忘却,说说也许有点意思。

第一件事。供应室负责全院(除了医院手术室)医疗所用敷料、输液用具、一般外科所用手术包以及纱布绷带等(包括器械清洗)的供应及清洗、包扎、消毒等工作,繁杂而琐碎,编制有护士和卫生员10多个人,由一位护士长负责。该室原属医务部领导,后因工作形式类似,改由药局管理。护士长姓钱,是一位很好的女同志,工作积极肯干,吃苦耐劳、为人正直。她的爱人在外地工作,自己带着两个孩子,白天工作忙了一天,晚上还得照顾孩子,值班时只能带着孩子在值班室里睡觉。一天上午她找我说有事谈,我们去了他们工作间,她讲了工作中遇到的一些事情,心情不愉快。那时医院强调一切为临床服务,我认为遇到问题还是多从自身找毛病,先做好我们自己的工作。谈话不投机,也可能她心情不好,发脾气了,推倒操作台,敷料撒了一地。此时此刻,我也很生气,觉得她有些不讲理了,可我是领导能说什么呢! 不能急不能吵,我控制好自己的情绪,只好说,护士长,今天你不够冷静,我们不谈了,你我下去都好好想想再说。过了几天,她主动找我,作了自我批评,认为当时正在上班,当着大家的面这样闹,影响不好等等。她诚心诚意地作了自我批评,我也反省自己,说我讲话也有欠缺之处,你不要上心。就此一场矛盾化解了。事后想,如果当时我不冷静吵起来,相互伤害,各打五十大板,作为领导是多么被动呀!

现在医院供应室还存在,但由于经济和工业的发展,棉签、棉球、折纱布等都专业化生产了,由市场供给。不少医疗用品都是一次性的,用完就扔,再也用不着清洗、消毒,第二次使用了。

第二件事,当时医院规定,临床科室用过的器材,如刀、剪、镊、输液器等送交供应室之前,必须清洗留在上面的污渍,然后送交供应室再清洗、包扎、消毒,重新使用。一次外科护士送来一大堆器械,不少上面染有血迹,负责接收的护士拒收,因此吵了起来。本来此事很简单,只要一方主动做出让步,顺便冲洗一下,事就完了,用不着吵闹。那时强调面向临床,从服务单位讲,首先要检查自己。院领导也向我打了招呼,要对供应室的护士批评教育。于是我找该护士谈话,让她吸取教训,主动做自我批评,她不但不做自我批评,还振振有词,反倒要别人做检查。我多次找她谈话都未能谈通,有次从上午 11 点钟一直谈到下午两点半上班,还有一次从晚饭后谈到夜里两点多钟。后来自己算了算,我们共谈了 13 次之多,最后她总算承认了缺点,愿意做自我批评。此事折腾了好长时间,终于解决了。事后听别人告诉我,她在下面对别人说,309 我最佩服袁主任。我听了并不欣慰,基层工作确实很艰难,必须耐着性子做。

还碰到一件事。过去药局有个修理室,负责全院(放射科编制有技师,例外)医疗器材的维修,大到各种医疗机械,小到刀剪,精密的有心电图等。修理室编制五六个人,有技师、技术员,由一位技师做负责人——
小组长。组长姓李(20 世纪 80 年代因患口腔癌,英年早逝),是个聪明能
干、工作责任心很强、肯动脑筋的好同志。一个夏天的下午,他告诉我,晚
上准备开小组会,讨论工作中的一些问题,请我去参加。我说有什么大事
吗?他说正常工作中的事。我答应了。会议开始后他宣布,大家对领导
有什么意见,主任来了,大家提。我一听,心里有些纳闷,会议内容怎么变
成给领导提意见了呢?一定有什么原因。于是我顺水推舟,说大家工作
挺辛苦,有时照顾不到,有什么想法、对我个人以及工作中有什么问题和
意见都可以提。可能大家事先没有准备,面面相觑,没人发言,场面很尴
尬。小组长赶忙说了些工作上的事散了会。散会后我留下老李,问他为
何改变会议内容,这是在搞突然袭击啊,我要是不冷静,当时咱俩就得吵
起来,岂不是让大家看笑话!影响多不好。他说是的,是很不好,我错了。
我反复问,实话实说,你到底是如何想的?现在大家都走了,这里就咱俩,
你我推心置腹地谈谈。他说我一时糊涂,然后就低头不语,看来他不愿意
说出真情,我便没再追问。后来我又问过他,仍是没有丝毫进展。他这样
聪明的人,怎么会干出这样糊涂的事来,我一直存疑。后来他生病了,这
件事也就不了了之。

　　说到做基层领导,大事要管,婆婆妈妈的小事也要管。入党提干分房
子是关系到每个人的大事;谈恋爱结婚、生娃娃则是一些个人的小事,领
导就像一个大家庭的大管家。20 世纪 70 年代初,医院给药局分配了 20
多名战士,男女各一个班,后来他们大多提了干,随着年龄的增长,也都步
入谈婚论嫁的行列。在我带兵过程中,我对四川兵印象挺好。泼辣、直
率,勤快,干事雷厉风行。药局的小杨,女,四川人,一米六五的个头,长相
也不错。经人介绍,她认识了附近某部队单位一位技术干部,他们谈恋爱
近两年、快要准备结婚了,男方突然提出不想谈了,原因很简单,因为女方
脸上有麻点,通常称"蝇子屎"。其实这一点也不影响她的美貌,反倒衬

托出这个女孩的漂亮。男朋友提出分手影响到小杨的工作情绪。我了解情况后，认为那个男同志没有道理，都谈了两年恋爱了，她脸上有点问题，不是今天才有的，早先为什么不提出，快结婚才提出，理由不充足；另外两人谈了这么长时间，还是有感情基础的。于是我找了一个星期天，把他俩都叫到我家，我谈了自己关于恋爱、结婚以及组成家庭的观点，也谈了我对四川兵特别是对小杨的看法，坦诚地讲，家庭有这样的内贤助，那是对方的福气。最后我发了狠话，要谈继续好好谈，准备办喜事，否则从今天开始就告吹，不要再拖拖拉拉搞拉锯战。两个人来时还带了一瓶西凤酒，但没有等到吃饭就不慎掉在地上，酒洒了一地。酒虽未喝成，但我觉得这是个好兆头。果然，后来他们喜结良缘，还生育了一个女儿。现均已退休，享受着晚年的幸福生活。

　　还有一件事始终盘绕在我的脑海里，我一直解不开这个谜。小曹是整班分到药局来的男同志，武汉人，父亲是位中高级干部。据他讲，他与一位女孩从小在一起，后来自然而然谈起恋爱，可以说是青梅竹马。接下来他们就准备结婚了。女孩在武汉，结婚手续准备在北京办理，我们也为他们安排了结婚用房。女孩从武汉乘车下午到京，按常规应该是准备写结婚报告，准备办婚事了。但就在第二天上午，小曹告诉我，我们俩吹了。我说这是什么意思？他说女的不同意结婚，也不再保持恋爱关系了。我问，那她来北京干什么，他不言语。我又问，从车站你接到她到现在发生了什么事情，他说什么也没有发生。我说你一参军就到309医院，我们在一起时间不短了，我把你当作孩子看待，发生了什么事如实说，我保证保密不外传等，他说什么也没有发生，我说那为什么她突然改变主意呢，他不语。我只好不问了。女孩很快离开了北京。此事一直让我纳闷，你既然不愿意结婚，写封信就行了，何必专程来北京？从时间上讲，还不到一天工夫，一二十年的情感就这么终断了。所以我一直在琢磨此事。在位时不好过多了解他人私事，但老装在心里。后来我退居二线，我又对小曹说,对你第一次婚姻出问题,我一直有想法,你小子是否那天晚上没有干好事,人家女孩才提出分手。小曹笑嘻嘻地说,你这个主任真是爱想问题,那能发生啥事呢。看来他还是不愿意说出实情,当然也许真的没有发生什么,我也就作罢了。但我心中一直存疑。我们从工作岗位退下来后,小曹还请我们夫妻俩去地坛附近一个广西饭馆吃了一顿壮族饭菜,特有风味。不过从此以后我们再未见过面,也未打听到他的下落。

我遇事总喜欢琢磨,二女婿从东北出差来北京,给我买了件毛衣,这很正常,可是我觉得既不是过生日,也不是过年过节,送什么礼,不理解,在电话里顺便问女儿,为何买衣服,结果引起他们夫妻之间有意见。

药局青年人较多,谈恋爱、结婚常遇到一些问题,为此,我和教导员骑车跑单位,为其解难,做了不少工作。

说这些琐事,无非是想说明两个问题。一是想说明基层工作很琐碎,什么事都得管;二是想说明在今天看来都不是什么问题的问题,那时却是很严肃的问题,谈恋爱要外调,有时还要政审,可不像现在,说谈就谈,说不谈就吹,甚至把结婚当儿戏,今日结明日离也不是没有的。谈恋爱是组成家庭的必然过程,也是组成家庭的前期阶段,谈婚论嫁是很严肃、慎重的事。家庭是组成社会的细胞,家庭和睦稳定,也是社会稳定的基础,采取审慎严肃的态度是完全必要的,千万别当儿戏。

14. 两次去医疗队,任务不同,收获都一样

1969 年初,据传由于毛主席的过问,解放军总医院系统(包括 301、302、309 医院)组成数百人的庞大医疗队,浩浩荡荡开赴陕西省,进行医疗服务,治病救人。309 医院组成了六支医疗小分队,分别被派往陕西商洛专区六个县。医疗队去了几个月后,相传又是毛主席的过问此事,总院系统决定派出工作组,于四月下旬,分别到各医疗队检查了解工作情况。在我的印象里,医院经常派出医疗队下基层,但派工作组去专门检查工作

还是第一次。此次由总医院组织领导,各医院组成医疗队工作小组。309医院领导决定派我参加工作组,但我实在有难处,爱人已去了医疗队,身边有三个孩子,大的 10 岁,上小学四年级,老二上三年级,小的才上一年级,生活学习都需要照顾,领导再三考虑,还是决定让我去,并让我担任组长。因为去个把月时间,我把孩子交给在文办工作的钱美珍同志,委托她将几个孩子管起来。她是一位办事情认真、责任心很强的女同志。迫于当时的形势,我只能这样硬着头皮接受了任务。工作组的另一位是院务部助理员李瑶玉同志,他是位才子,思想活跃、年轻能干。出发前,总医院在 301 办了学习班,统一了思想、检查内容以及工作方法等。到了西安后,我们住在西安办事处,为了工作方便,办事处又为各组增添了一位本省工作人员。分到我们组的是一位年轻的小李同志,不到 30 岁,工作热情,很能干。工作组在西安办事处研究了医疗队下去后几个月的情况,再次统一认识和工作方法,一切准备就绪后,工作组就分别去各自服务地区了。301 医疗队大部分去延安专区,少部分与 302 医疗队合并去安康专区;309 医疗队去商洛专区。我们乘坐专车从西安到商洛,车辆送到后马上返回。到商洛市后,我们首先找军分区办公室接洽,说明来由,他们说这事不归他们管,叫我们去找专区,到了专区他们讲这是部队的事,我们从来没有接触过医疗队的事,还是要找军分区。我们认为专区讲得有道理,就又返回来找军分区,他们仍然推辞。我们几个商量,不能让他们把我们当皮球踢。我说,我们要找军分区司令员和政委,接待人员讲,他们正在开会,忙着哩。我说不行,再忙我们也得见,医疗队是在毛主席关怀下到陕西的,几个月过去了,毛主席又问起此事,我们是根据这个精神,到医疗队所在地区了解、慰问和检查工作的,我们有任务在身,必须要见你们司令员和政委。这时他嘴有些软,说我回去汇报一下,你们等等。不一会儿他回来讲他们确实忙着,先安排你们住下吧。小伙子把我们带到一排平房,有人整理床铺,还有人送水来,一会儿又送来报纸,并安排了就餐等。晚饭后司令员真来了，我们向他说明了情况以及工作安排等，并请他作指示，客套之后他说，这里是山区，交通不便，我们机关的车也很紧张，你们到各县医疗队只能接送不能与你们同行，用车时可电话联系。我讲，谢谢首长给我们提供了方便，这样我们工作进展就更快了。实际上医疗队去的都是穷乡僻壤，交通不便，电话也没法打通。事实上我们几乎没有用过几次车，但人家的话说到了，我们理应表示感谢。

陕西省商洛专区是名副其实的山区，六个队分布在该区六个县的农村，从一个队到另一个队，需要翻山越岭，近的大概多半天的路程，远的要走整整一天，还得摸黑。特别是柞水县，真是山高沟深，坡陡路险步难行，到了这个队，已是晚上七八点钟了。但凡我们到了医疗队，见了医院来人，大家特别高兴，欢呼雀跃，场面十分感人。这个医疗队住在一个山沟里，好像是窑洞，前面不远处有一条河流，他们就地取柴，燃起篝火，烧了热水，让我们洗了个痛快澡，这是我们到医疗队检查工作中唯一的一次洗澡。

工作组合影（右二是作者）

我们到医疗队后，首先向大家传达各级领导的问候并说明来意，听取队长、指导员的汇报,再分别找每一个队员交谈,然后我们将了解到的情况综合研究,给这个队的工作做出基本评估。评估报告公开征求大家意见,如果大家没有意见,由李瑶玉同志写成正式书面材料,一式两份,呈报医院与总工作组。跑完几个医疗队之后,各队的领导集中在专区所在地——商洛市,由309医院武广志副院长前去坐阵,总结前段工作并讨论如何做好下一阶段的工作。那时农村生活还比较差,吃饭都成问题,但医疗队的队员们不怕苦不怕累,翻山越岭,全心全意为广大农民医伤治病,受到广大农民的欢迎,取得了很大成绩。工作组大约花了一个多月时间,按领导要求圆满完成了任务。

工作组完成任务后,从商洛返回西安,途中遭遇倾盆大雨,原本顺沟渠形成的初级公路发起了洪水,午后雨虽然停了,但水还是波涛汹涌,车子无法通行,都停靠在路边,车轮泡在水里,后面的车越来越多,形成了一条长龙,谁都走不了。我们的车停靠在较前面,又是军车,那时的百姓对部队是很信任的,他们纷纷找我们想办法。这里正在修铁路,土建路基已基本建成,要继续前进,只能走这条土路基,路基上面到处堆放着零散的枕木和石子,大伙推荐我和其他两位同志出面找铁路基建队商量,挪开这些枕木,好让车子通过。开始他们并不乐意,说路基正在修建,土质松软,刚又下

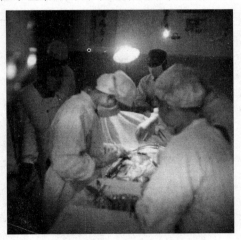

医疗队员正在工作

了场大雨,这么多车子通过,路基会被压垮遭到破坏的。我讲这是没有办法而为之,水势这么大,不知什么时候才能退却,等到天黑,几十辆车子在这地方待下去不是办法,我们保证,所有车都走路基中间,成线形走,谁都

不准抢行,如果路基损坏,我们负责维修,决不食言。搞基建的同志听了,可能觉得我们还是通情达理的,于是同意我们在其路基上通过,只是枕木要我们自己动手搬开。这好办,于是我爬上车顶,把候车的人都召集过来,讲清道理和要求,动员大家动手搬开枕木,大伙拍手赞同。于是只用了多半个小时,清除了障碍,车队顺利通行,终于在天黑之前赶到了西安。

第二次下医疗队是1975年,由309医院40多名工作人员组成,由医院副院长曲际民带队去陕西省定边县。队伍到达后,县委左书记介绍了该县的基本情况,对我们来讲叫"形势教育"。该县地处陕西西北高原山区,南北300华里、东西200华里,干旱缺水,人口19万多,群众生活比较贫困,居住分散,医疗条件比较差,常见多发病有流感、肝炎、气管炎、麻疹、肺结核以及氟中毒等。医疗队定点在白湾子公社,下面又分成几个小队。我们小队有十多个人,被分到该公社的丁山大队。我是队长,指导员是吴章泉,副队长是李巧云。丁山大队包括丁山村、袁兴庄、高粱村、何梁渠、王阳山、马庄、孙原等七个自然村,散落在南北长数十里,东西不到一里的黄土高坡的脊梁上,依靠脊梁的两侧,打出窑洞住宿,也有个别建房的。村民也比较分散,每个村子住户多的不到二十家,少则七八家。当地严重缺水,吃水依靠人工挖成的水窖,收集夏天雨水和将冬天下的雪堆集于窖中,化雪成水,供人畜使用,庄稼更是靠天生长。从四月到十月半年时间里,这里几乎没有下过雨,偶遇雷阵雨,也是雷声大雨点小。我还写了首打油诗:

> 一阵风雷起,大地起泥水。
>
> 整夜忙集水,水末窖里流。
>
> 黄土刚湿润,秋禾未解渴。
>
> 雨水贵如油,冷笑天无德。

我们到达丁山大队后,与队领导及住队干部共同研究了医疗队的工作,决定办这么几件事。一是疾病普查,摸清该队农民基本健康情况;二是巡诊,对现有的能够治疗的疾病积极进行治疗;三是培养和提高原有赤脚医生医疗技术;四是培养接生员兼计划生育宣传员,由各自然村选送一名;五是宣传卫生常识,提高自我保健意识;六是尽最大努力,建立起一个药房,以中药为主,辅以西药,方便百姓拿药;七是动员群众搞好环境卫生;八是设法解决吃水问题,甚至还想到植树的问题等。因村民居住比较分散,我们根据业务人员技术水平高低搭配,分成若干小组,分别包干到村庄,责任落实到人头,凡是治疗过的病人,一定要负责到底。治疗过程要相互通气,疑难疾病要共同会诊研究,严防错诊、误诊和错疗。由于工作有计划,问题有对策,半年的医疗过程中,我们未发生任何差错。巡诊是很辛苦的,有谚语形容这里的环境:"路无半里平,出门就爬坡。"当时正是夏天,高原气候,早晚比较凉爽些,中午太阳高照,非常炎热,哪怕只是在太阳下站一会儿,就汗流浃背。我写了这样一首打油诗:

> 朝霞送我去巡诊,走访农家串山村。
>
> 笑对悬崖峭壁途,等闲酷暑晒不透。
>
> 疾风吹走身上尘,炼得红心为人民。
>
> 只要丁山面貌变,半载时光何所长。

我们还利用巡诊空隙时间下地与农民一起劳动、拉家常,主动接受再教育(医疗队到农村接受贫下中农再教育,是思想教育的一项任务)。

对于赤脚医生,我们的主要工作是传帮带,和他们一起巡诊,当面现场传授医术。对一些生疏的疑难病案,我们给以适当的理论辅导,提高他们的诊疗水平。我们还为每个自然村培训了接生员和计划生育宣传员,不但讲具体操作,还传授孕妇生理过程以及产后产妇及婴儿护理常识等。经过同志们共同努力,在政府部门的密切配合下,计划中的绝大多数项目都顺利完成了,领导、群众都比较满意。比较难办的是建立药房和解决水的问题。由于干旱,这里不但树木少,就连杂草都很少,山坡靠阳面基本不生长东西;靠阴面有些柴草,但不茂密。我们多次外出普查药源,也只找到少量的青蒿、地丁、蒲公英等,还找到了肉苁蓉,但数量极少,难以根本解决村民的用药问题。由于生活比较贫困,很难做到集资购买药品。半年里,我们也购买过一点药,但都是为了急用。因此最终未能如愿建成药房。

再说水。1975年,当地又遇干旱,不少人家窖水的存量已经很少了。我们是医疗队,不仅为农民防病治病,还要想办法改善卫生条件。水是生活中的大问题,水的问题都解决不了,还谈什么卫生。为此我们找过一些老人,也找过搞水利的干部,我们和他们共同探讨吃水的问题。民兵营副营长、管过水利的张连登(他也是住队干部)告诉我们,省里、县里曾经做过多次勘探,就是找不到水源。白秉承老人还给我们讲了这里闹过几次水荒的惨景,听了让人心寒。老人还带我们到山下深沟处看泉水,路窄坡陡,来回大约十里路程。看到一口小水泉,从大约不到一米多的深坑里,缓缓地向外冒着细如针状泉水。仅有的这口泉水根本无法保证村民的正常用水。

因为缺水,我们洗漱也得限制,半年里没洗过澡。队里三分之二是女同志,每周只允许她们清洗一次。我们也下到沟底去挑过泉水,并带着镐和铁锹,将水池加深并对周边进行了整修和加固。农民看到我们去挑水,主动到半路接我们。他们讲,你们来为我们防病治病,还要你们下沟去挑水,千万别累坏了身子,我们不忍心。多好的陕北人民!淳朴的乡情令我们无不动容。已经过去四十多年了,改革开放不断深化,城乡建设日新月异,我想那里的状况一定会改变了吧。

我们队十多个人大多食宿均在丁山村白秉承老人家里,据说是由大队选择并决定的。他家只有三口人,老两口约50多岁,孩子还小,不到10岁。他家有个小院,除了窑洞还有两间瓦房,女同志集中住在大瓦房里。这里既没有广播又看不到报纸,我带了个小收音机,每天早晨七点钟,大家集中听新闻,了解国内外大事。吃饭,我们用粮票去粮店购粮,所需的柴火由各自然村派送,医疗队付钱。老人家为我们吃饭费尽了心思,原本不大种菜的黄土高原,又遇上了干旱,很难吃到新鲜蔬菜,他们就用自己腌制的菜为我们调剂,还到农田里捕捉田鼠为我们改善生活,农历八月十五日还做了月饼供我们食用。他们讲,你们城里人到我们山沟里过节,不能让你们短精神。真是非常感人。

在这期间,我的胃溃疡老毛病又犯了,大便里明显带有血迹。同志们劝我回院治疗,我反复考虑,决定还是坚持下去,写信让医院给我寄了些药,就这样抗过去了。但从家中来信得知,我离院后,小女儿患上了"血小板减少性紫癜",一直在住院治疗。千里之外,我爱莫能助,只能写信安慰妻子和母亲(母亲当时在北京帮我们带孩子),要配合治疗。虽然自己增添了心病,但医疗队的工作不能受影响。我当时写了一首打油诗:

> 小女住院卧病床,多方治疗效不佳。
>
> 为父陕北挂心肠,保守治疗末仓皇。
>
> 农村疾患任更重,难能弃此顾自家。
>
> 待到山花烂漫时,聚家团圆细思量。

一次我与民兵营副营长张连登聊天,他告诉我,你们几个医疗队,你们离公社最远,就你们最辛苦也最累,你们劳动最多,你们对人和气没有架子,还下沟里去挑水,掏池子,群众反映非常好。他说的这些,我并没有当成一回事,只认为他是在捧我们。但当我们要离开丁山大队时,事实证明了他说的是实话。医疗队要在十月上旬离开了,我们先检查群众纪律,召开了由各自然村代表参加的座谈会,并分别到各自然村征求群众意见并作告别。丁山大队的村民们打听到我们离开的具体日期,当我们离开那天,大队男女老幼倾巢而出,敲着锣打着鼓,吹着喇叭,将我们送出10多里路,怎么劝都不回去,一直送到山梁底下,才依依不舍地止步。不少人流着惜别的眼泪,直到再也看不到我们的身影。当时的场面十分感人,可惜我留的照片找不到了,真遗憾!

尽管这里干旱缺水,风沙又大,生活比较贫困,但这里的姑娘都长得挺漂亮,大眼睛双眼皮,皮肤又白又嫩,特别是小姑娘,长的水灵灵的。陕北流传着一句谚语:"米脂的女子绥德的汉,清涧的石板瓦窑堡的炭。"定边邻近米脂,也可能跟着沾光的关系。真是一方水土养一方人。

我在翻阅医疗队记录时,发现有一首《医疗队员之歌》,不像我写的。只有词没有曲,截至目前未找到这首歌的出处。我把它抄录如下,作为对那段日子的纪念:

背起红色的药箱,走向广阔的山乡。

我们是红色的医疗队员,颗颗红心向着党。

把毛主席的关怀带给贫下中农,

把党的温暖送到四面八方。

办好医疗事业,保障人民健康。

我们一不怕苦,二不怕死,前进在毛主席的革命路线上。

15. 小女生病挂心肠,寻医问药病痊愈

我去医疗队的第二天,小女儿发烧住院治疗,诊断为感冒并伴有原发性血小板减少性紫癜(以下简称紫癜)。感冒很快治愈了,但紫癜经多方治疗仍无效,只能用激素维持,一旦激素减量,病症明显加重。我去医疗队半年,她住院半年。10月中旬我返回医院,到医院已是晚上七八点钟了,药局副主任王晓玲和其他几位同志以及我爱人在医院大门口等我,见面我们就谈起女儿的病情,他们反复叮咛我,见了女儿别激动。因不到熄灯时间,我和爱人直接去儿科病房看望女儿。

想起半年前离开时,我特意带母亲和家人去颐和园乘船玩了一次。玩得挺开心,但船靠岸时母亲急于上岸,用手想把住岸边,但却把船推往

反方向。船体离岸，母亲落空掉入水中，我赶快跳下水，扶起母亲。幸好岸边水浅，未出大事。小女儿不到四岁，吓得直哭。想起女儿在船上活蹦乱跳，天真活泼可爱，讨人喜欢的样子。

虽然回来的路上我曾不断地回想小女儿现在的模样，但当我进入病房第一眼看到她时，仍是心痛不已。这时的孩子由于长时间服用激素，体型发胖，肿大的脸庞简直有些变形。半年不见，孩子对我并不生疏，从母亲怀里扑到我身上。我抑制着激动的心情，细细端详着孩子，百感交集。回家后我和爱人商量，这样继续治疗，旧病不愈还可能引发新的毛病，还是让她出院再说吧，母亲也同意，于是第二天我将孩子接出了医院。根据医生的建议，慢慢减少激素的服用量，并可用中药治疗。从此走上自主选择中药治疗的漫漫之路。

此时正好 309 医院和 316 医院合办西医学中医学习班，组织决定我去参加学习。我很高兴，这为中医药治疗孩子的疾病创造了机会。同时我大量搜集关于紫癜的病历，将病历分为病因、诊断、治疗等。经学习，我了解到紫癜病有原发性、继发性以及过敏性的，继发性是原来有过紫癜，愈后又复发了，这好理解；但原发性是如何发生的，有一些说法，但都没有从根本上说清楚。其中有一种说法我很感兴趣。紫癜发病都是因感冒伴随出现的症状，感冒痊愈了，但紫癜并不消失，那是因为细菌或病毒的分解产物或其菌体的碎片牢固地附着在血小板细胞壁上，专门破坏血小板，这就是为什么骨髓生成血小板并没有受影响，而血小板到了血流中遭到破坏的原因，致使血小板难以恢复到生理水平。但这个理论没有看到有实验资料的支持，不过我还是从这个思路去寻找答案。关于诊断比较简单，通过骨髓穿刺，检看骨髓血象，就可基本确定是否为紫癜。关于治疗方面得到的资料最多，包括正方、偏方、验方等。三个方面的资料我收集了好多本，一大摞。中医学习班请的讲课老师多是名师大家，有的来自北京，有的来自河北中医学院。对血液病有学识的，我就请他到家里给女儿诊治。同时我也到有名的大医院如 301 医院、协和医院、西苑医院等去求治。我们离西苑医院近，西苑中医院也很有名，我成为那里的常客。20世纪 70 年代，交通很不方便，从黑山扈到西苑医院并不远，但要转一次车，车次也不多。我索性借上洗衣房的三轮板车，拉着孩子上西苑中医院就医。我求治的都是名医，药也用了不少，多是活血化瘀和补血，但折腾了一年多，基本没有疗效，病情依旧。

这时一些好心人劝我动手术切除脾脏治疗。因为我院有一位医生的女儿曾患此病，切除脾脏后痊愈了。作为一个父亲，我考虑了很长时间思绪万千，这个决心是很难下的。我想实在无路可走时，再考虑动手术吧。

我一直认为治疗无效，是因为我们没有找到有效的方法。我正在学中医，于是用较多的时间搜集中医药有关血症方面的资料，同时也注意当前的一些治疗报道，经常跑图书馆。此间我打听到 301 医院儿科张主任用"6912"治疗"新生儿溶血性疾病"很有效。于是我对"6912"进行了探讨，其中每个药物都进行了搜集和研究，并从中医角度去考究。中医认为紫癜是由毒性所致，这与上述某些病因理论相吻合，所以中医治疗是从解毒入手，多用黄连解毒散、黄连解毒汤。同时我发现"6912"和黄连汤处方何其近似，这增加了我治病的信心。对"6912"和黄连汤进行比较和探讨，并在两个方子的基础上，我自行组建了新的处方，并大胆地在女儿身上做试验。这些药物主要是黄连、黄柏、黄芩、大黄和栀子等，先煎煮成汤剂服用，经过一段时间的治疗，效果不错。但为了提高疗效，我又从学到的中医知识施行辨证治疗。先后共试用了八个处方，每个处方都观察一定时间，做好记录。特别值得一提的是黄芪和阿胶，黄芪是著名的补气药，中医理论认为气滞血凝，气通血行。紫癜是由血凝而成，因此加入黄芪补气可引导血行，以降低血凝的形成。经试验证明，这不但没有减轻症状，反而使病情更加严重，血小板也随之下降。阿胶是中药补血的经典药物,紫癜总是伴随着失血,治疗时常常用到它。此药是胶性药,比较粘腻,容易引起消化不良。民以食为天,吃饭要是受到影响,再好的药物也很难奏效,不宜使用。我并不是说这两种药不好,而是要从实际出发,要科学用药。经过一段时间的试验观察,疗效对比,我认定"七号处方",疗效比较明显。该方使用了一段时间后,觉得中药煎剂做起来很麻烦,不好服用,携带也不方便。于是我改变剂型,将其制作成散剂。人是熟食动物,所有药物都制成熟品,以便于吸收。根据中医药理论,服用中药可以使用药引子,如黄酒、醋等。因此我将药物制熟后,喷撒酒精,让其浸润一定时间,使其有效成分更易溶出,便于吸收,以增强药性(效)。做成散剂不做片剂,但怕它影响吸收,可装入胶囊,所以我一直使用散剂。患有紫癜病的孩子有三个特点,聪明、不怕苦、脾气暴躁,虽然此药比较苦,但孩子很容易接受。在我以后收治的一个患儿病愈后,大概习惯了苦涩的口味,老向她妈妈要苦味的东西吃。后来我告诉这位母亲,可用一小段黄连,洗净后口含,不会有大的副作用,试过后,还真管用。

药制成散剂,疗效没有受到影响,同时大大节约了药材。女儿历经两年多的治疗,终于痊愈了。经过近两年的艰苦治疗,我不仅收获了一个健康的女儿,更是研制成功了一种适宜儿童服用的治疗原发性血小板减少紫癜的中药制剂。我院儿科了解到这个情况后,建议在儿科试用,都收到了满意效果。

1990年我准备离休,对积累的四十多份血小板减少病历进行了小结。依据《临床疾病诊断依据治愈好转标准》判定,有效率为100%,治愈率为75%。此小结资料委托给同事刘卫新药师代劳,在1990年309医院学术年会上进行了宣读(年会是在1991年元月开的,我已经离休)。

离休后,我也遇到了一些慕名而来的病人。我严格掌握适应症,治愈率更高,收到良好效果。通过紫癜的治疗,我体会到:

一是中药是一个伟大的宝库,有很大潜力可以挖掘;

二是应将中药丸、散剂中的中药材做成熟品,这样比较容易被人体吸收(以往水丸、蜜丸、散剂等一些原生药都是直接使用);

三是不少汤剂可改为散剂,可大大节约原料和经费,效果同样很好。

20世纪70年代,物资仍然匮乏,不少生活用品凭证供应。牛奶只供给婴儿、病人等。女儿才四五岁,长时间患病,身体虚弱,需要加强营养,我想给她喝点牛奶。但订牛奶还得开证明,拿着证明要到很远的大钟寺才能订上牛奶。那时的大钟寺是一片广阔的麦田,麦田中间有几间平房就是订奶的地方。从黑山扈到大钟寺要转几趟车,下车还得走一段路,订个奶真不容易啊。小孩吃奶、吃饭甚至吃完药,需要糖,糖也是按户供给,每户每月半斤,根本不够吃。最后也是费尽心机,硬着头皮去求人,碰钉子的事是常有的。不像现在,要啥有啥,多好呀!要好好珍惜现在的生活。

关于用药的事,先前军队干部子女实行医疗包干制,干部出一定的经费,子女看病就可免费,医疗比较方便。在服用中药汤药时,我找中医开处方,就可取到药物。后来因改变剂型,每次制作用药量比较大,开方取药不可能满足需要。我是药局主任,为了避嫌,我口头向院领导作过请示,院领导也同意暂作为科研项目,我可直接开单从中药房取药,自行制作。小孩身体比较虚弱,想用些紫河车粉(胎盘粉),我找到妇产科,留出胎盘,我自制成粉剂使用。这些后来都成为批判我的材料。20世纪80年代,日本电视连续剧《血凝》可谓家喻户晓,我为孩子治疗疾病的过程遭遇与剧中的大岛茂极为相似,因此,孩子们讲这是中国的"血凝"。

讲到这里,借题说事,谈一些治疗验方:

一是20世纪60年代,药局肖家佑主任手上患起小空泡,白色,破后露出新肌肉便裂口,很疼痛,患部主要在手掌上。医生认为这是炎症,久治不愈。我则认为与营养不良或与吸收有关系,建议使用浓缩鱼油外用涂抹,可能有效,果然病症逐渐好转,很快痊愈。后来社会上流行用鱼肝油软膏治疗,但对重症患者效果不尽人意,还是需用高浓度的才有效。

二是冬天常见皲裂,特别是老人,由于年迈皮肤老化松弛,更易皲裂。一种名叫白色冻疮膏的药很有效。它的成分很简单,蜂蜜20克,猪油80克,制法是将生猪油炼成熟猪油,用纱布过滤,放置至半凝固,加入蜂蜜,随加随搅拌,混合均匀凝固即可。必须常涂搽,但不必每天用。

三是老年人常有体感瘙痒,挠也不是不挠也不是,非常难受。有些油膏有效,但缺点很多。如果用开塞露加少许食用醋,其pH为6.5左右,涂抹患处很有效,不是每天涂抹,但得经常用。

16. 人才断了档,新兵忙补充

由于"文革",医院技术人员多年没有得到补充。就药局而言,编制20多人的单位,实际还不到10个人,很难完成工作任务。院领导决定用新兵充实,自己培训。于是院里从1970年和1971年新兵中分别调入一个男子班和一个女子班,每班十多人。新兵入伍,都要经过一段时间的培训。除了军事训练外,还要学习三大条令——《内务、纪律和队列条令》以及军人守则等,这些都是军人最起码的素质要求。到了药局还要进行补课,如学习"老三篇",特别是《纪念白求恩》,目的就是要求他们树立全心全意为人民、为伤病员服务的思想,为学习业务打好思想基础。入伍时他们都是十七八岁的娃娃,加强管理胜于业务学习,仅凭两位主任是管不好的,于是经科办公会研究,选择两位工作责任心强、善于做群众工作的老同志作为他们的联系人,药师王治权、李克健同志分别担任了男、女班的联系人。除日常工作外,他们两个还必须参加每周日晚上召开的班务会,我也轮流去参加,有问题就地当场解决,这在管理方面起到了很好的作用。我还记得，头一两年过春节，新兵一律不准请假回家，即使家在北京的也不行。于是我带着这些新兵到药局老同志家去拜年，老同志拿出自家定量供应的有限的花生、瓜子招待他们，好让他们分心，减少思家之情。

业务培训采用的办法是"传、帮、带"，多看、多问，跟老药师学习，主要是实际操作。例如，如何取药，使用量杯、天秤等等。以取药为例，接到处方后，首先是全面审视处方，看书写是否正规，药名是否清楚，药物剂量是否正确以及医师签名、日期等，然后书写药袋，写明病人姓名，药名、规格、数量、使用方式和服用剂量、日期等，然后取药。过去调剂室所用药品都是标准的"装制瓶"盛装，怕光的用有色瓶装。取药时左手拿瓶子和药袋，瓶子用无名指和小指与手掌握住瓶体上部，用拇指和食指支撑药袋，再用右手小指和手掌将瓶盖取下，握在手中，后用拇指和食指拿药匙，用药匙捅开药袋口，取出瓶内的药品装入药袋，取时计数，然后校对处方药名与瓶签药名及规格是否完全相符，如无误，盖上瓶塞，药瓶放回原处，并在处方上签名，以示负责，至此取药才算完成。当处方药发出时还有三查七对，看起来很烦琐，但医院的工作与生命攸关，查对制度是非常严格的，稍有不慎，就会出现差错，轻者给患者造成痛苦，重者则危及生命。因此，绝不能马虎从事。

传、帮、带，只能解决实际操作问题，还得让他们学到理论知识，于是把大家组织起来进行业务学习。我们有现成的教师，在位本科生有好几个，他们有足够的能力承担教学任务。经请示院领导，每周一、三、五的下午，有时也利用晚上的时间上课。他们先后学习了中专课程的无机化学、有机化学、药物化学、药物学、调制剂学以及中药的有关知识等。这些基础知识为他们提高业务技术水平以及后来的专业学习起到了很好的作用。由于环境与条件的变化，这些新兵中有的上了大学，有的改行学习其他专业。20 世纪 80 年代，在职未学习的都去总后医校进行了专业培训,成为中专生。后来这些小家伙都成了医院药业战线上的骨干,有的还担任了医院和药局的领导。关于在职教育,我们进行了总结,并在 20 世纪 80 年代全军药学业学术会议上作了交流,反响很好。

17. 因"祸"得运,派出学习新业务

因"文革"中犯有"错误",清查之后,虽无文字结论,但肯定是复转对象,我等待处理。1978 年 11 月,党支部书记通知我转业,后朱永和院长找我谈话,组织决定你转业,支部已找你谈了,你考虑一下去向问题——是去陕西还是去湖南(因爱人是湖南人)。我当场提出自己对这样的处理有意见,如非转业不可,我就回陕西去。从支部通知那天起,我已停止了工作,等待转业通知。过了半年,1979 年 6 月,朱院长又找我谈话,说根据你的意见,总后决定你不转业了,今后工作等待总后分配。后来我听说中央军委有一个 9 号文件,吸取过去的经验教训,不要把部队的骨干随便处理掉,这才免于转业。这个过程,我从药局主任降为副主任,1982 年又被免去一切职务,退居二线。院领导决定让我去院务部下属营建单位管理营建器材。在一个用木板搭成的大篷里,堆满了各种各样的建材,大到自来水管、坐便器、水箱,小到改锥、钳子、扳子、螺钉、螺母以及规格不同的钉子等等十分繁杂。原来有个营房助理员代管,我要求他们交账,他讲既有账也无账,有个旧账,你愿意的话可对账并清点建立新账。一个犯有"错误"的人与正常人想法可不一样,怕的是错上加错。我便提出再找个人与我一起查对,免得出差错。我还找过院务部领导,说明查对由两个人负责比较好。他们讲目前人手紧张,你先干,找到人再说。库房虽小,存放的东西可不少,堆放既零乱,规格又复杂,我是做药业工作的,这项工作对我不合适。这期间,据讲为安排我的工作,组织部门与不少单位联系过,因各种各样的原因未成。我也理解,一个犯有"错误"的人,要调入没

有过硬关系的单位,是不容易被接收的。大概是 1982 年初,有人告诉我:
国家卫生部在成都华西医学院举办《临床药学》学习班。我动了心,现在
干的不是原来的专业,我是搞药业的,去学习很对口。于是我找院领导,
也找了药局两位领导,一位是王晓玲同志,她原来是副主任,我下来后让
她总管;另一位是由药师提拔的副主任喻维新同志,后来提升为主任。
《临床药学》在我国才刚刚兴起,属于新生事物,他们都同意我去学习。
于是 1982 年 4 月份,我去成都参加了为期半年的学习班,收获不小。授
课请的都是各科著名教授,上午上课,下午、晚上实验,学习时间很紧张。
此次学习结业后,他们又办起《临床药理》学习班,我写信请示院领导,经
同意又参加了这个学习班的学习。数十年,我一直都在忙于具体工作,虽
然也看书学习,但大多是头痛医头,脚痛医脚,对新的技术、新的业务听得
多、看得多,实践却很少。年逾五旬,能有这么一次难得的学习机会,我倍
加珍惜。

第三排右一是作者

学习结业返院后,我决心不离开309医院了,做行政工作不是我的心愿,还是安下心来做好自个业务工作,把本院的临床药学搞上去。在院领导的支持与两位主任的密切配合下,我干起了我本应该干的事。其实在本单位,他们已经开始了这项工作,先后购进了色谱扫描仪、高压液相色谱仪等高级仪器,我们一拍即合,很快展开了该项业务。

第三排左二是作者

这时,不知通过什么关系,从外单位调入一个外行人到药局工作。此人是学化学的,人们私下都议论学化学的也能搞药,还要药科大学、药学系干什么?来人无职称,但能量可不小。此时发生了一件轰动医院甚至药界的事。人民日报发表了一篇署名文章——《国家发明奖获得者难言的苦衷》,这是一篇不顾事实颠倒黑白的文章,文章状告喻维新同志干扰某某的科研工作(见《多味人生回眸》,时代文化出版社2010年10月出版,26页)。解放军报及一些杂志也转载或发表了评述文章。出现这样的事,除了文章中说的原因外,也有这位入调者的阴影。喻某不可能在医院继续工作下去了，准备转业，被总后卫生部知道，调入卫生部，之后的工作搞得有声有色。

20世纪70年代后期，医院开始进行清查运动。此人成了清查药局的主要负责人，小人得势便猖狂，充分发挥了他的"奇才"。从20世纪建院以来，我是药局第二任领导，从第一任到第二任中间有个短暂的空隙，没有领导者只有负责人。可以肯定地讲，药局领导和管理者可能有这样那样的缺点，但绝不会私吞国家资财。药局管理有着严格的制度和手续，层层审核把关，除非合伙作案，那是另一回事。那时社会上流传着政治上不干净的人经济上也不可能干净的唯心说法。因"文革"中犯有"错误"，对我的清查简直到了"翻箱倒柜"的程度，内查外调，左审右查，检查力度无以复加，但最终却什么也没查出来。不能无果而结呀！于是他把目标转向了长期管理药库和财务的药师王治权同志身上。王治权同志是20世纪40年代后期入伍的老同志，工作非常认真、负责、细致，吃苦耐劳，兢兢业业，在财物管理业务上可以讲百里挑一。对他的清查也可谓费尽了心机。他们去医药公司蹲点调查，并诬蔑其有贪污行为，连公司人员都说这种"认真"程度史无前例。王的进出账目都记录得细致而清楚，甚至连每日的主要工作细则都有记载，凭着这个小小记录本，多少年以前的事都能说得清清楚楚，知他者，无不敬佩他认真负责的工作态度。清查组好不容易只找到一笔漏账，发票上有5000片降压药——双嘧达莫（潘生丁），入库单上无记载，这当然是问题，但经过仔细清查后，证明调剂室已经领去使用而非私吞，应该是工作疏漏，只是责任性问题，绝对够不上贪污私用。清查组在向原来库房管理者调查时，此人也证明这5000片降压药确实发给调剂室使用了，可是清查者恫吓其人说，你要这么讲，那就是你的问题，还令其写假材料，以便达到整治王治权同志的目的。在这个问题的处理上，他们还做了不少小动作，讲了不少过头的话,这些不可能不反映到王的耳朵里,该同志被整得神神叨叨,身心受到很大摧残。这时,人们又开始议论他是我的替罪羊。王从1978年10月至今,不断向上级状告此人,只为证明自己的清白。该同志在我写此材料之际不幸病逝,享年八十有一。我写了一首悼念诗:

悼念王治权同志

五十年前医院遇,同操药业到离休。

忠于职守理财物,遇有难事愿交流。

老实忠厚人缘稠,心肺不畅几多愁。

食道添堵离世去,思绪万千忆故旧。

因为清查有功,这个不懂药的外行人,借助外力扶摇直上,成为医院药局的头头。上台后没多久,为了扫清自己前进的道路,将副主任王晓玲同志、药师李克健同志提前办理了离休。药师刘士良同志是位钻研业务卓有成效的年轻人,他研究从动物脾脏提取有效成分,制成转移因子,经临床使用,疗效相当不错。可是偌大的医院就是容不下他,非让其转业不可。军事科学院了解情况后,该同志被调到军事科学院卫生处,带去的研究成果为军事科学院创造了数百万元的财富,北京2003年"非典"时期,还成为预防"非典"的重要药物,甚至到了"一药难求"的地步。

经过清理,药局老同志只剩下两三个人了,我当然就成为被整的重点对象。我进行的临床药学是一项新业务,各医院都在大力推进。可是在这里不但得不到支持,反而到处给我使绊。此人利用手中的权力,克扣我的奖金,说我

利用废旧尸体解剖室为办公地点

脱离临床，不创造价值。药局还有个不做业务工作人，他可以拿到一线工作人员的奖金，那么请问他创造多少价值？真是荒唐至极，无言以对。此人根本不讲政治，修养、素质极差，只会溜须拍马。但两人相互利用，以势压人，干了不少坏事。不给奖金，这并不影响我的工作，金钱、地位从来不是我追求的目的，越是困难重重越是激发了我更加勤奋地工作。实验室是现成的，大家都可去那儿做实验。除此之外，药局已没有我一席之地，于是我找到被医院抛弃、长期闲置不用的尸体解剖室，解剖室不大，不到 10 平方米，分内外间，里间有半米多厚的沙土占去了半壁江山（原来是养乌龟做科研用的），幸好留有一个水泥解剖台和一个水池子，好做动物实验用台。外间更小，只能放一张桌子和一把椅子，有门无窗户。我把这个房子收拾了一下，作为自己办公、实验、学习之处，正是"躲进陋室成一统，管它春夏与秋冬"。

我原有业务基础并不差，对临床药学和临床药理学的学习给我增添了不小动力。几年来我就是在这样的环境里先后做了一些抗结核药、抗癫痫药、抗癌药以及抗菌药等数十种药物血药浓度的实验研究，在军内外有关学术刊物上发表了专业和科普文章 10 多篇，并在总结经验的基础上，编著了《药物动力学实验与研究——血药浓度的监测》一书，由中国医院管理杂志社出版发行，反映不错。20 世纪 80 年代后期，有个比较新的抗癫痫药"卡马西平"，临床反映疗效不错。国外已有关于"卡马西平血药浓度的监测"的报告，国内尚未看到报道。于是我和同事们对该药进行了血药浓度的监测，并与临床合作，观察血药浓度与临床治疗效果的关系，获得满意的结果。该项研究成果由精神病科副主任医师戴福林同志总结，写成《癫痫患者口服卡马西平血药浓度测定的临床意义》的文章，发表在《中华神经精神科》杂志 1986 年第 4 期。此研究还获得"国家科技进步四等奖"。由于几年来我在科研上取得一定成绩，1987年年终总结时，药局群众一致同意给我立功授奖，并上报了医院政治部。但就在年终表彰总结大会前两个小时，领导通知我，你的奖励政治部不同意，被取消了。这种玩"小儿科"的手法真是众目昭彰，谁心里都明白。其实我历来对名誉、金钱嗤之以鼻，渴求的是知识和自身才干的提高。事后有人告诉我，这位神通广大的领导者，在开会的那天上午专门去政治部做工作，撤走了我的授奖名额。平时此人就擅长编造谎言，制造事端，挑起同志间矛盾；阳奉阴违，明枪暗箭，诡诈算计，小动作连连，达到提高自己，打击别人的目的。多数同志与其倒行逆施的做法进行了坚决的斗争，因而受到他的打击报复，年轻的同志敢怒不敢言。他们私下告诉我，我们不能和你们老同志比，还得留有后路，站在屋檐下，不得不低头。

　　一个外行人能在业务单位横行无阻，下面一个事例是否能够说明点问题。改革初期兴起的药业"订货会"。一次订货会后，外单位一个同行打电话告诉我，你们 309 医院可真不简单，蜂王浆订货会上，竟敢订十多箱，这是保健用品，可不是治疗用药，我们一箱都不敢订。就在第二天，院部的公务员给此人送钱，我才知道这是他给医院领导送的补品付费。有心人想想看，这钱他会收下吗。在"回扣"

写作照

盛行年代,他竟敢将"红包"送到医院政治部,被廉洁的政治部退回,政治部陆主任在医院早会上未点名地进行了严厉的批评。陆主任一年后调出了本院。部门的领导走马灯似的换,是否都像陆主任这么廉政,我们不知道。据有关报纸报道,有的医疗单位利用回扣建起了门诊大楼,可见回扣数目之巨,这些回扣可不是所有单位都公用了,没有公用的,可否查查去向?建院 50 多年,药局先后调换过四任领导,这位"神通者"竟干了将近 20 年,始终也没有看到、听到他做出了什么业绩,只知道他在位时很多业务骨干都流失了。一般的头头到了年龄甚至不到年限的都得退下来,可这位"神通者"超龄了居然还不退。群众的眼睛是雪亮的,在全院广大群众疾呼下,他最终极不情愿地离开了这个"肥座",灰溜溜地下来了。如今,每当逢年过节,药局都举办春节联欢晚会,邀请离退休同志来参加,该人却一次都不敢出场,也算有自知之明吧。一位基层干部与群众关系如此疏远,可怜可叹。善恶有报,此人还是得到了报应,自然规律大概就是如此。

说到这里,我还想说说当年军队医院经费开支情况。以 309 医院 1974 年为例,500 床位的中心医院,全年卫生医疗费也只 27 万元,那时叫作"卫生事业费",包括了药品费(也有中药)、器材费(包括敷料)、输血、照相、医用图书、表册、烤火、水电以及消毒煤等 10 多个项目。这些费用是由上级卫生行政部门按编制床位数拨发的,平均月床位费 45 元。这还是从 1958 年建院以来逐渐增加了的数字,在没有改革开放前,军队医院非特殊情况基本不接收地方病人,有时接收也是先住院后交费。因各种原因,拖欠费用的不少,给医院带来不少麻烦,有时年终派人去催交,费用不但没收回,还得花路费。即使这样,医院仍然办得有声有色,特别是服务态度得到人们的普遍赞扬。凭的是什么?凭的是艰苦奋斗、勤俭节约、精打细算和优良的服务态度。共产党人的这种优良作风、光荣传统,是取之不尽、用之不竭、战无不胜的法宝。

　　我在医院工作了近半个世纪,偶尔听说有医生护士服务态度不好的,但从未听说过病人殴打医生护士的事。时代改变了,社会发展了,病人或家属到医院闹事的事时有报道,以我之所见,多是"钞票"惹的祸。

六、特殊任务

1. 旧案重提,组织决定我负责办专案

1967 年 3 月 11 日,医院发生了一件惊动一时的"行凶案",简称"311 案件"。这天早上 5 时多,医院休灶管理员高某,上班路过拐弯处,发现有人躺在道路中间,走近一看是本单位的炊事员李某。此处位于院内老教堂的东侧,道路中途靠南侧有十来棵松柏树林,围成一个小圆圈,再向东还有小围墙,够上小风景。早晨天还未亮,周围的小树林易于隐蔽,选此作案,罪犯是经过深思熟虑而安排的。高某没敢怠慢,迅速报告了医院总值班室。院保卫人员赶到现场,按照他们的规矩保护了现场,并迅速将受害人送往急诊室抢救。李某无生命危险,院里对他实施了保护措施。接着总后、总政保卫部门来人,组成专案组,并在院内刷出大标语"揪出杀人凶手"、"严办杀人犯"等大型标语。案发不到一周,3 月 16 日,北京卫戍区对医院实行了军事管制。那时因为派性,他们互相指责,破案工作很难进行下去,两个多月后专案组撤出,留到以后再伺机破案。

医院实施军管后,基本上恢复了院里的党委领导,并成立了"有关办公室",负责日常群众运动工作。"311 案"是在两派激烈斗争中发生的,院党委认为与阶级斗争有关系,加之群众对破案呼声较高,不搞清

此案,对"运动会产生影响"。于是八月中旬,院党委决定重新成立专案组,调查此案。院党委委员、副院长武广志及"文办"负责人找我谈话:院决定成立"311专案"组,由6名人员组成,你为组长,副组长是范文秋,他是原专案组成员,又是院务处领导,他对院务部门人员比较了解,另有成员医生楼方浩、陶梦熊、护士长张映玲及机关干部刘文华。我表态,案件发生了这么长时间,上级来的专业人员都未破案,现在叫我这外行人去干,我实在无能为力,还是找别人更为合适。武讲,党委已定,还是你干,党委分工由我负责,有问题一块研究。没办法,"赶鸭子上架",干也得干,不干也得干,我便这样走马上任了。

我搞了大半辈子药业工作,虽看过不少侦探小说和电影(20世纪五六十年代,苏联这样的小说与电影很流行),但都是好玩而已。让自己负责去破一个"谋杀行凶案",顾虑比较多。我与"受害人"同属一派,搞好了皆大欢喜,弄不好可能引来一身不是。但是组织决定的事我不能不干。为配合办案,医院召开了全院人员动员大会,发动群众揭发问题,提供线索,并刷出与案发时相似的大标语。专案组人员集中后,武副院长等领导参加会议,讲了党委决定成立专案组的理由、人员组成、分工以及工作方法等。我们几个人首先解决自己的思想问题,统一认识。大家表态,既然领导决定了,我们就安下心来,尽最大努力完成任务。我们首先阅读了上次专案组移交来的材料,并请原专案组有关同志以及负责保卫工作的同志介绍了有关情况。然后小组进行了认真讨论和分析。

我们专案组在几个问题上取得一致意见:一是关于对作案人的调查范围。我们认为应首先着眼于院内,待院内疑点排除后,再考虑院外,但也不排除院外人作案的可能性;二是关于是否存在共犯问题。在没有获得充分证据之前,首先确定单干,但不排除合谋;三是关于案件性质问题。在没有排除他杀之前,不能认定为"自杀",但不排除"自杀"的可能性。

为此我们安排了一个初步计划。因此案发生在休灶工作人员身上,案发前后某些人可能会暴露出蛛丝马迹,所以我们决定首先在休灶办"学习班",并派专案组人员楼方浩、刘文华在此蹲点,与休灶的同志们同吃同劳动。再从病历记录入手,病人入诊时,神志昏迷,问答无语;脖颈前部中段有明显手指掐捏形成的瘀血紫癜,并呈斜形短手指印,紫癜颜色表浅,头部未见碰击伤,四肢、胸、背、臂以及手脚均未发现伤痕。同时我们对群众反映的与案件有关的事和人员进行了调查了解。

工作了一段时间后,我们对群众提供的线索及调查情况进行了综合分析,大家认为能了解到的情况大致就这么多了,再深入下去也难取得新的进展,因此,对疑点多的人和事,根据范围大小、轻重程度分类,由小到大,由轻到重,逐个进行调查了解,先扫清外围,逐渐缩小范围。从当时调查的情况看,很多疑点和怀疑对象都与此案件没有直接关系。我们没有其他强制措施和刑侦手段,只能做调查研究,问题小的个别交谈;大点的,用办"学习班"的方法解决。在本院的人好办,随时都可约谈或"办班",对非本院人员需外调的,我们都派专人去调查了解。在北京地区的,我们与其工作单位联系,讲明情况及其目的,以免引起不良后果,与本人接触时,也讲明道理,解除顾虑,消除隔阂,力争把集中在某些个人身上的问题搞个水落石出。有代表性的是原休灶的一位姓李的女同志,根据提供的材料看,李某上班时间是走在发案人之后的,又是同一条路,她应该看到发案情节或第一时间发现受害者。可是她没有讲,我们怀疑她有顾虑不敢讲,于是决定找她了解情况。此人已调到地处香山的某个单位,陶梦熊、张映玲和我三个人便同去香山李某的单位做调查了解,即办"学习班"。我们用了三四天时间,进行交谈、提问等,都没有实质性进展。休灶蹲点也未能获得有用的信息。外围有疑点的事和人,基本上都搞清楚了。根据群众反映,疑点较多地集中在休灶炊事员张某身上,所谓疑点多,是群众反映的问题多,但从案件本身看,并没有过硬的证据。不过这些疑点不能不搞清楚,否则很难解除怀疑,对本人也不好。查清楚了,如没有问题,还可还本人一个清白。经专案小组研究,请示了武副院长及"文办"同意后,我们准备办张某的"学习班"。我们小组研究了如何办的问题,对问题既不能敷衍了事,也不要伤害他人的自尊心,以调查研究的方式进行,宜细勿粗,宜和气勿粗暴,不讲过头话,不谈过头事,晓之以理,动之以情,以谈清问题为主线等等。准备就绪后,九月下旬的一天上午,我们找张某谈话,说明要办你的学习班,并说明为什么办,不要有顾虑,也不要有负担等,讲清问题对本案对你都是有益无害的。你回去交代一下工作,下午就开始,来去自由,不受限制。

2. 办案进行中,"受害人"来投案

张某回到炊事班,情绪不高,据讲还哭了。同班的"受害人"看在眼里纠结在心里,中午饭未吃好,午休也没睡好觉。下午上班时,"受害人"找我们小组谈问题。她精神紧张、语无伦次地说:这事不是张某干的,不要冤枉了好人,等等。专案组的人都在场,我说你不要着急,有事慢慢讲,不要紧张,不要有顾虑,既然你来讲事情,还是老老实实把问题谈清楚。经过几番思想工作后,该人有所感悟,比较详细地谈了作案过程,我们对其谈话进行详细记录。她说这个事是我自己做的。早晨上班路上无人,我将自己的脖子连拧带掐,比较痛,然后我就躺在马路的中间,不一会儿有人路过,听声音是我们高管理员,后来有人将我送到急救室,好多人对我进行抢救,我装着不知道等等。我们都感到很诧异,问,你为什么这样做呢?她讲:我想入党,申请了好长时间,都没有批准,现在"政治运动",我"被迫害"说明我是参加革命的积极分子,所以有人才陷害我。我自己造成"受害"假象,是为了达到入党的目的。你这么做还有其他目的或者其他想法吗?没有,我只想着这一件事。那么你所想象的陷害你的人是谁?没有想,只是想是对立面人干的,领导找不到人也可能就算了,没有想到问题搞得这么大,这样复杂。我很后悔,给领导及同志造成这么大的

麻烦,我不对,我错了,领导怎么处理我都行。问:那你为什么主动来报案?答:从院宣布成立专案组起,我思想就有斗争,今天上午你们找张某要办他的学习班,我怕冤枉了好人,引出大事来,问题可就大了。对她的叙述过程,我们反复询问,反复核实,找不出更多疑点后,让她下去将作案过程和思想动机写出详细材料,愈详细越好。经请示武副院长,我们对其采取了隔离措施,防止发生意外。我们随即通知了张某,你的学习班暂停不办了。我们又连夜研究了"受害人"的作案动机和过程。专案组基本同意本人的叙述。理由一是从前专案组到这次专案组,从所收集到的材料看,找不出任何与本案直接有关的事和人;二是"受害人"在休灶工作多年,工作比较积极,与周围同志关系还比较融洽,无突出矛盾,找不出别人谋害她的理由,院内其他单位人员与其接触很少,更没有作案动机;三是"作案人"脖子上留的痕迹比较表浅,如果有意谋杀,作案时间应该是充分的,不可能采用轻微手段;四是从她的家庭和本人历史看,她有这个作案的可能性。我们多次研究确定问题后,又与本人进行了几次交谈。最终认定"自作案",向院党委及"文办"做了汇报,他们都同意我们的结论,并决定由我向总后"文办"和刘部长(可能是总后保卫部的领导)作了专题汇报。从下到上,又从上到下,专案组反复讨论研究,认为此案也就这样了,再找不到更多的缘由与此案有关的人与事,认为是好人一时糊涂犯了错误,可以结案了。

案件"告破"了,大家认为我们把院里遗留的历史问题解决了,做了件好事。但从办案角度讲,我们办了一件不是案件的"案件"。

结案后,我们小组建议将此案向全院人员公布。因为办案时全院作过动员,现在结束了,应该向大家作个交代,同时大家也很关心此事,到处打听。但院领导、"总后文办"及刘部长都不同意,只让我向全院科领导以上干部汇报了结案情况,并嘱咐要保密不能下传。至此,我们几个人总算完成了领导交给的任务。

3. 破案为院解疑点，反倒要我做检查

经过 40 多天的努力，搁置了一年多的疑案总算搞清楚了，应该讲我们是办了一件好事，但我没想到自己的噩运开始了。领导认为我办案有问题，一是专案组不应该办"学习班"，包括办休灶、李某以及张某等人的"学习班"，伤害了同志感情。我有保留地针对这件事做了检查。原案定为"谋杀案"，我们带着疑点办班，无论是客观还是主观上都会引起一些人的想法和反映，当然也会给嫌疑人造成一定负担。事后李某与张某对我们的办案是有意见的，期间我们派人到"嫌疑人"和张某家乡做过调查，张某对此意见很大，据讲为此老婆要和他离婚。结案后，我们找本人进行了交谈，并赔礼道歉。在我的几次检查中，这个案子是纠缠最多的一个问题，有人认为在第一次专案材料里已提到过自作案的问题，你还要去办"学习班"，伤害了同志，甚至传说有人要和我拼了，还有的领导也这样提问题。我想不通，一是既然认为是自作案，是很简单的事，领导找本人谈谈就是了，党委何以决定成立"专案组"；二是我们工作计划、每个步骤都是向领导作过请示报告的，都是经过领导同意后才进行的；三是既然列为专案，我虽外行，但从办案程序、办案过程、办案法理上讲，都不可能一上来就认定是自作案（尽管初案时提到过自作案的可能性），问题要这么简单，还要成立专案组干吗？四是集中在某人身上的疑点都是群众反映上来的，不是专案组、更不是我们捏造出来的；不先解决疑点，就能抓到作案者？可能只有神人才能办到。我们都是外行，但办案过程基本符合一般办案原则，即使是专业人员也不能跳过这个框框。因此，我只能承担我应承担的责任，办案过程可能有这样那样的问题，但重大责任不在我身上。说我有派性，我不能接受，"受害者"原来是我们一派的，认为嫌疑人可能是原对立面人干的，这是事实。但两派已大联合，办案时所得到的材料，都是以群众反映的材料为依据的，绝非某些人捏造出来的。如果查出

其中哪点是我捏造出的,我愿负全部责任,并愿接受任何处分。

办案和工作中有关系的事,属于我的错误全部接受,该检查的检查,该说明的说明。为此,我做了三四次检查,最终稀里糊涂就这么结束了,没有结论。

此事过了一年多,我去301医院办事,巧遇已调到301做领导、原分管该专案的武副院长,谈起了"311案"的事,他理直气壮地对我讲:你做什么检查,那是医院党委决定并由党委领导办的事,怎么能找你做检查呢,应该让他们来找我。话是这么说,欲加之罪,何患无辞。事已过去了,也没有对我作结论,受的委屈只好装在肚子里了。

由于工作和办理"311案",我犯有"错误",1978年11月,先是支部书记张俊、后是院长朱永和找我谈话,说组织决定让我转业,后因政策变化,才免于离队,幸运之至。

七、离休后的生活

1. 要求提前离休，摆脱困境解烦恼

因受压抑和排挤，我的日常工作很难顺利进行，于是我想还是早点离休好。当时有这么一条政策：接近离退休年龄时，可申请提前退下来，如果到年限未提级的也可提一级。1990年我59岁，离退休年龄仅差一岁，前几年本应该晋级，每次都因名额有限，加之受排挤与压抑，很难解决。申请提前离休，一是解除精神压力，二是还可以解决待遇问题，一举两得，何乐而不为？于是我写了申请离休报告，报告很快批了下来，批示时间为1990年6月，离休命令是年底宣布的，办完手续，1991年1月1日正式离休。很多人离开工作岗位都会有失落感，不适应退下来的生活，但我非常高兴，感觉真是解脱了，自由了。

本院干休所成立得比较早，1998年下半年建成，大部分正式离休干部入住，少数还未到年限的够上离休条件的也分到房子，我是其中之一。我退下来后很快融入了干休所的生活。先前退下来的副院长谢井同志组织大家利用晚上时间学习绘画，自费请专业教师上课，每周1到2次。随着退下来的人员愈来愈多，到了1991年，绘画班由原来的十多人增加到二十多人，仅靠晚上的学习已不能适应大家的需求。于是下半年开始，我

们组织了"老年大学"，谢副院长让我和她一起来完成这个工作。谢副院长年事已高，我因爱好书画，不少事情由我来安排，如聘请老师、安排课程、学习内容、进度等。与此同时我报名参加了海淀老龄大学书法与四君子学习班，学习了两年楷书，学了颜真卿的《多宝塔》、欧阳询的《九成宫》、柳公权的《玄秘塔》和赵孟頫的《妙严寺》；在绘画班学习了梅、兰、竹、菊四君子的初、中两个班，共学习四年，均以优良成绩结业。

那时我还参加了总后老干部书画研究会。该会经常进行书法、绘画讲座，每逢年终以及遇有重大节日，研究会还组织会员进行书画展览，有时发点奖品或纪念品，这对促进老有所为，老有所乐，修身养性等起到了很大的促进作用，给我们留下难忘的回忆。

2. 办校初具雏形，融入总后老干部大学成一体

1992年，我们的"老年大学"学员不断增加，大家学习热情很高，原来零打碎敲的授课方式已不适应学员的要求。于是从长计议，我们从海淀老龄大学聘请了专职老师来授课，共同研究学习计划，并取经于海淀老龄大学，从实际出发，制定了一个比较长远的六年书法学习安排。楷书、行书和草书各学习两年，每周一次，每次两小时。楷书除上述颜、欧、柳、赵四体外，又增加了颜真卿的《勤礼碑》和《东方画赞碑》等。行书学习了王羲之的《圣教序》、《兰亭序》，怀素的《自叙帖》和《千字文》、孙过庭的《书谱》，陆柬之的《文赋》等。草书范本有张旭的《古诗四帖》、颜真卿的《祭侄文稿》、王羲之的《十七帖》《快雪时晴帖》《中秋帖》等，还有王铎和张瑞图等十多个草书范本。后来根据大家的要求和老师的意见，又增加了两年的隶书学习。包括《曹全碑》《张迁碑》《鲜于璜碑》以及《石门颂》等。通过一系列的学习，同学们对书法的认识、理解、书写技能以及欣赏等都得到了明显的提高，学习热情更加浓厚和高涨了。

我参观奇石展览馆时题词

　　1994 年，我们申请加入总后老干部大学。年底总后老干部大学陈雷校长等领导前来我们所了解情况，听取我们的汇报并进行讨论后，当场拍板同意吸收加入，称为总后老干部大学第五分校。几位领导还当场题词，并聘请我为校长。我们又聘请原干休所所长当时为副院长的龙增德为名誉校长，聘请离休干部苗一民出任副校长等。

　　1995 年，第五分校在校人数增至近百人。因学员进校学习时间前后相差甚远，新老人员书画程度参差不齐，一锅煮的办法已不适应教学要求。于是将书法班分为初级班和提高班，初级班按照原有的计划安排从头学起；提高班在原有的基础上，着重巩固和提高，以行草书为主，反复学习了行草书各种范本。此间又开办了绘画学习班，先后学习了梅、兰、竹、菊、牡丹、荷花、葡萄、枇杷等十多种花卉以及博古器皿等。同时我们还办了装裱学习班，使大家能够了解到从书写到书画成品的全过程。经过几年的学习，大家基本了解到中国书法发展的简要历史，也基本掌握了各类书法写作的技巧和方法，学习质量得到进一步巩固和提高。有些学员也能够独立进行创作，他们的作品时有在军内外有关刊物上发表。我们的总要求是：不求最好，但求年年有进步，逐步扎实地提高学习质量。

309 医院会员合影

此时大家的书写作品内容还停留在唐宋时期的一些名言警句，不易于抒发自己的情感。根据需要，我们又开办了为期两年的诗词学习班，学习了唐、宋、元、明、清具有代表性的诗作，对大家的创作起到了提高与促进作用。此时我们同时办有四个学习班，这是 309 老年大学发展的鼎盛时期，老年大学办得红红火火，不但本单位学员多，院外友邻单位也有不少同志前来报名参加学习。值得一提的是，起

初我们办学属群众性自发组织，学费自行负担，后来为了控制人数，对院外人员学费有所提高。干休所原所长龙增德是位书画爱好者，他给老干部大学很大的支持，为学校提供了学习场地，还腾出房子用作学校装裱书画。应该讲这段时间，学校工作进行得比较顺利。

119

1997 年,总后将老干部书画研究会与老干部大学合并,成为一个单位。我认为合并后的学校成为官民合办的性质。初期总校在经费方面给过我们一些支持,后来总后规定学校所用经费由各行政单位自行解决,为此我多次找过医院领导,也请求干休所领导和总校领导助一臂之力,经几番努力,医院同意每年给二万元办校费,专款专用,绝不许超支。此费交干休所会计管理顺理成章,但使用权归所里批,后来在经费使用上也有点问题,使人有些想法和意见,退下来办事情,只能任其想,不能任其使。

陪院领导参观学员书画展

建校五周年之际,为了巩固和提高学员们的技能水平以及学习热情,我们进行了简易的校庆活动。一是召开了一个简单的校庆会,简要总结了五年来办校所取得的成绩、经验和存在的问题;二是请院、所领导与教职学员一起照了相;三是举办书画展,展出学员作品一百三十多幅。应该说建校五周年前后是老干部大学最好的时期。从办校那年起,为了提高大家的学习积极性,促进相互学习,每年年终学校都进行学员书画展。在历年的展出中,我认为以 1998 年的展出作品质量最好,后来几乎再未见到过这么多的好作品了。

总后勤部老干部大学第五分校首届书法绘画班结业合影 97.1.

前排右一是作者

3. 校长十年期间,尝尽酸甜苦辣

如上所说,从谢井副院长委托起,我就负责起创办学校的责任。起初只叫国画学习班,后来各地老年大学兴起,之后我们又加入总后老干部大学,正式冠名黑山扈老干部大学(也称总后老干部大学第五分校)。从1991年我负责办校起到2002年卸去校长一职止,整整干了十二年。其间当过副校长的有离休干部苗一民和干休所的有关领导,大学发展旺盛时期还设有校办公室,由所里政治干事担任办公室主任。

办校前期,我们是群众性组织,尽管也遇到了不少问题,如聘请老师的经费问题,缺乏办学经验等,但我们克服困难想办法,都较好地解决了困难。后来官民合办,经费仍然不够,向学员收取学费还持续了一段时间,用来弥补老师教学经费和接送老师用车等上面。但由于官与民在办校理念、解决问题的方式、方法、观点上不可能一致,因而在问题的处理上大相径庭。有几件事记忆犹新,说出来只作回顾,无意批评,只能作为故事讲讲而已。

关于用车。干休所编制有车辆,个人用车是按规定每人每月60公里,每公里收取5分钱(是数十年不变的老规定),发有公里票,凭票用车,一直延续到现在。初期接送老师用车,学校购买所里的公里票,用此票派车。我出去办事用车,用自己的公里票,有几年不够用,向用车少的同志借票,来年再还。至于电话费也不知花费了多少,为此老伴还提出过意见。官民合办后干休所提供用车,派车由副校长负责,有了校办后,由校办主任向管车的助理员申请派车。有次下午该上课了,老师未来,询问汽车班,说没有人要车呀。心想糟了,我有些发急,问派车人为什么没有派车,他毫不在乎地说,没有找上人。我不客气地说,那你也应该告诉我呀,这么多人等着上课,如何作交代。我沉不住气发了脾气,吵了几句。事后我非常后悔,我曾下过决心,不和任何人吵嘴,在位与不在位时都办到了,唯独这次犯了错,后悔莫及。办校初期,学校不被人重视,加上退下来的人虽是管事的头头,想去指挥在位的干部,不够现实,我想如果在位,绝不可能发生这样的问题。下面一个例子,也可说明这个问题。有一次总校向我们要反映开学情况的材料,此时学校已是官民合办了,我找政治协理员(后来改为政治委员,简称政委,他是分管学校工作的)商量,属管理方面的材料你来写,学习情况的材料我来写,我们两个人都很痛快地同意了。过了几天我去要材料,他说没有时间写,我说那你告诉我呀,马上要上报,怎么办?因为他是所里领导,我只能生闷气。由此我还联想到另一件事。那时我是校长,总校通知要下来了解学习情况,是所里政治干事告诉我的,并说汇报的事所里已经安排好了,由副所长汇报,你作补充。我听了心里不是滋味,我好赖也是校长,总校来了解情况总得商量一下,我这校长不知道内情就安排好了,非常生气,我想汇报不参加了,你们爱咋办就咋办吧!后来冷静下来,心想还是要照顾大局,不要感情用事。汇报那天,所长说了开场白,副所长讲了学校的大致情况,再由我详细汇报学习课程安排、学习内容以及进度等。汇报学校情况,校长反成陪衬,真是难遇的怪事。过了两天,总校来电话问我,那天汇报工作为何是某某某,我将那天政治干事告诉我的情况如实反映,并谈了我的感受。这时我已有辞去校长的念头。这大概是2001年前后的事。此时距我们大学办校快十周年了,我心想还是和五周年一样,搞一次校庆,增加一个项目就是出一本《学员书画集》,以反映十年来取得的成果。百十名学员,每人一幅,加上领导题词,前言、目录等,不会超过100页,几万元。其经费由院、所出一点,学员掏一点,力争总校帮一点,也想找社会团体支援点等。我将这个想法向干休所作了汇报并请示医院领导,反馈回来的意见是根本不同意,说是经费有困难,我说这用不了多少钱,医院完全有能力拿得出。当时就有同志讲,医院浪费的钱给我们都用不了。虽经反复力争,也无济于事。我很生气,此时,原来的书画装裱室也收回去另作它用了,该室保存的总校领导的题词、书画老师的范字、范画等也不知去向了。

总后首长接见老干部大学领导和全体教师合影

我静下心来回想学校走过的历程,感到心力交瘁,我毅然辞去了校长职务。当时我写了这样一首打油诗：

　　离休挂上校长名,十年春秋烦事多,难上难,压心头。

　　权也滥,理难断,办事难如愿。当猴耍,逗你玩,

　　辞去校长解心烦。

　　十年里总校领导同志几乎每个学期都下来了解情况,给予具体指导,遇有困难和问题时,总是乐于帮助解决。总后首长还接见各分校的领导,授予我老年大学优秀教育工作者和优秀学员等。这些无疑对我是很大的鞭策、教育和鼓励。

　　这里还应提到战士小唐同志,办校初期他帮了我们很大的忙。课堂是共用的小礼堂,下午上课晚上还有舞会,几乎每次上课前都要搬动桌椅、给老师打水和领取工资等,他都乐此不疲,我很感谢他。他喜欢总校老师宋后军的书法。在他退伍时,我请宋老师写了一幅中堂,送给了他,以表我对他的谢意,也了却我的心愿。

4. 勤学苦练学书画,力争年年有长进

构思

　　我特别喜欢书画,离休后很快报名参加了海淀老龄大学书画学习班,书、画每周各上课一次。那时我还年轻,骑车半小时可到海淀学校,刮风下雨从未迟到过。我这个人有个怪脾气,不干则罢,要干就认真地干到底,除非碰得头破血流,否则不肯罢休。我为自己定了规矩:学习书画必须学好,坚持到底。我在家时一般上午习书,下午作画,各三个半小时。尽管当时老伴还在上班,

我还要负责买菜做饭,但学习书画丝毫不受影响。经常是老伴还未离开家,我已开始习书了,对此老伴开玩笑地说,你比我上班还早。老师布置的作业,我苦苦摸索反复练习,从中选出自己认为最好的作业,送到课堂展评。对老师指出的缺点,我认真思考。我感觉学习书法主要是练习线条而非字体形态,楷书是基础,打好基础很重要,因此我学习了整整四年的楷书。书法学习也是为绘画打基础,有了书法的基础,绘画也可事半功倍。

写作

随着学习的深入,我对书法情有独钟,古稀之龄,我花较多的时间用于练习书法,重点是行、草书,主要学习怀素的《千字文》《自叙帖》等大、小草书。

我非常喜欢诗歌,毛泽东诗词、唐宋诗词也能背几首。虽然学习了两年诗词,但要自己创作还是

首张收藏证书

很困难的,特别是平仄、对仗很难过关,但是在书法创作与给画作述语时,

我还是喜欢自己作些诗。孩子们看了笑着说,你这叫什么诗呀,那是顺口溜。我不以为然,顺口溜也是语言,只要能抒发自己的情感,说出肺腑之言就行,当然不能太俗气了。所以我还是坚持在自己的作品上写下多是自己瞎哼哼的顺口溜或者打油诗。

为了提高学习质量,单靠完成课堂作业远远不够。于是我力争多参加社会上的书画展览,展品是要靠自己创作的,是走出课堂的作品,更能反映学习的进步和提高。1993 年,毛主席纪念堂举办纪念毛泽东主席100 周年诞辰书画展,出于对毛主席的崇敬和热爱,我反复琢磨和提炼作品,大胆地写了书法作品投稿,心想能否参展不是主要的,关键在参与,以锻炼自己。结果没想到我的作品被展览组委会收藏了,这对我是极大的

于黄山参加书法创作研讨会

鼓励。除了积极参加总后老年书画研究会和老干部大学书画展外,我还尽可能多地参加社会上举办的书画展。凡是准备参展的作品,我都是写了又写,写十来八遍那是少的,只要作品没有寄出,即使先前写好了的,还得写,再比较、再筛选,一幅作品写数十遍是常事。最后我选出自己认为最好的作品寄出。20 多年来,我练习书画大约用了 100 多刀纸,完成了千幅作品,向有关展

览会、书画社等征稿单位寄出作品 300 多幅,获得各种奖项包括金、银、铜和优秀奖以及收编收藏等 100 多个。由于我长期持笔伏案书写,右手拇指磨成的老茧至今难以消除。

一九九八年于黄山

1998 年,我参加了某书画研究会组织的学术会议,与书画家们进行学术交流,拓宽了视野,增添了知识,广交学友,受益匪浅。

2002 年,我国申办奥运会成功,这极大地激发了全国人民的爱国热情。于是我也作了"新奥运有感"的诗并撰书,抒发自己的情感。后来有关部门为了纪念北京成功举办奥运会,征集庆祝奥运纪念碑文,我的"新奥运有感书作"被选用,甚为高兴。

关于奖品我有一些看法,现在的奖品可以用钱买,给钱愈多所给的奖品愈高级,精制有加。收录作品,集结出书也一样,只要你预订交钱买书,就可以收入你的作品,否则拒于书外,至于作品质量,不以为然。更盛行的是出钱可买"官",如交多少经费,就可任命你为某某书画研究会或某某文化艺术团体名誉主席、理事、编辑、研究员等等。名目繁多,不胜枚举。对于这些我从不动心,清清白白做人,老老实实做文章,勤勤恳恳学书画。如认为我的作品够上哪个档次，就给哪个档次的奖励，上不了档次的就别给。我没有出资买过一次奖品，徒有虚名的事我不干。我也有一些奖品，都是有关组织单位奖给的，也出钱买过一点纪念品。对于书画集我有选择性地买过几本，那是因为我喜欢或者需要这样一些参考学习的文章或书画，比如楹联作品集、诗词格言精选等。现在也有事先承诺收入你的作品，就可赠送书画集一册的。不少广告写得很清楚，可是寄出去的作品如泥牛入海，杳无音信。这种情况愈来

奥运会碑文证书

愈多，是否有人借机捞取作品，不得而知。作为作者来讲，我也以平常心对待，如果你觉得我的作品好，做了收藏，未必是坏事。不过现在寄出作品也越来越慎重，越来越少了。

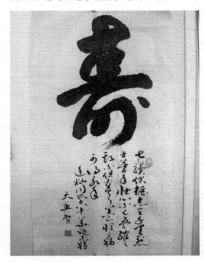

赠给同学的寿字

出于自己浓厚的书画兴趣，也为增进同志间的友谊，我为干休所年至八十岁的老同志，送上书作"寿"字，寿字的下面，写有曹操《龟虽寿》的"老骥伏枥，志在千里；烈士暮年，壮心不已。盈缩之期，不但在天；养怡之福，可得永年"的诗句。这些老同志，戎马一生，战争年代，出生入死；社会主义建设时期，他们关心国家安危、人民疾苦，年老了，得到国家、党和人民的关怀与照顾，用这样的诗歌为他们庆贺八十大寿，我认为再恰当不过了。后来老伴对此提出看法，她说：你

给别人送字祝寿是好事,但别人是否喜欢,愿不愿意接受？你应该先征求一下别人的意见,然后再送。我认为言之有理,后来我采取了事前征求寿者意见,大多数同志乐于接受,个别人觉得没有什么意思,我后悔早先为何没有这么办。现在亲朋好友,年遇八十大寿,送字画前先征得同意再行事,免得误解。我毫无哗众取宠之心,仅有增加友谊之情。反过来讲,好事也不一定有好理解,审慎行事还是应该的。

到 2011 年,我学习书画已 20 年有余,同时也进入耄耋之年。我整理了自己的书画作品,从千幅作品中选出 250 多幅,集结成书——《翰墨情缘》。其中书作多一些,楷、行、草、隶四体都有,以行草书为主;国画少一些,凡是学过的梅、兰、竹、菊以及其他作品都做了选择性收入。此集基本上反映了我 20 多年来刻苦学习的成果。在自序里,我叙述了自己对书法的理解、感受、鉴赏以及如何提高书写能力等。

书画作品集

几年里,我根据自己学习体会,也写过几篇所谓的文章,多被总后老年书画研究会内部刊物《书画通讯》收载,也有被总参老干部大学内部刊物选用的。我把它收载到本书的附录里,作为回顾和浏览。

5. 蠢事多多,生气又可笑

人生在世,不知不觉地办了些愚蠢的事,悔恨不已,记忆犹新,说几件事作为自责,也作为教训,警示自己。

先说自己干的一些蠢事:

1993年,总后老年书画研究会向会员征集展品,每人限一幅。大家准备了好长时间,然后将要送展的作品集中评选。选送出的作品有:谢井的人物画、龚希贤的虾、栗子菊的牡丹、吴永泰的书作、茅世云的鸡和我的墨竹共六幅作品。六月中旬,我和谢副院长同去丰台书画研究会交作品,顺便办理其他一些事情。我将作品装在一个大的牛皮纸袋里,上车时夹在左侧腋下,当时还有两位同志要搭车,我们四个人挤在车里出发了。谢坐在车的前排,我们三个人坐在后排,我靠右侧。车到六里桥附近,坐在中间的小范要下车,我下车让位。到了书画研究会交作品时,作品不见了!大家一起找,最终也没找到。我回忆纸袋一直夹在腋下的,小范下车让位时,夹在腋下的袋子可能滑脱掉在地上,当时没有发现,事后估计就是这么丢的。大家辛辛苦苦创作出的作品,即将要展出,竟让我丢失了,当时我都蒙了,无颜回答别人,很想叫别人揍我一顿才好。谢副院长直给我宽心。返回所后,我逐个登门道歉和检查,幸好大家都通情达理,谅解了我。大家又重新创作,赶上了展出。事已过了20多年,回想起此事,身上就冒汗,真对不起大伙啊。

2001年,许多人家都开始装修房子。装修的人在我院装修了不少人家,常见面熟悉了,我趁机也把厨房和厕所交给他装修。此人姓董,家住海淀区北安河,在我家装修时他爱人也来帮忙,她姓郭,当时还带着吃奶的孩子。两口子人比较和气,装修质量也可以,因此,我对他们印象还不错。2002年春节前,董来我家,说快要过年了,几个帮工的要回家过年,为他们开工资钱不够,请你们帮个忙,暂借些钱。我问借多少,他说一万,我说没有那么多钱,五千吧。那时我每月的工资也就两三千元,五千元是我两三个月的工资。我看他态度诚恳,又恰逢过年,便和老伴商量,决定把钱借给他。现款没有,存折上也只有六七千元,我和他一同去了国防大学银行,取出了五千元现金。他写了借条,并注明春节后连本带息还六千元,还留了电话及房产证号等。看来他是有备而来,我是无备而借。转眼到了次年四月初,还没见他吭气,于是打电话问他,他说现在还不行,"五一"以后一定还。到了七八月份,我们仍不见回信,又打电话,电话成了空号,我意识到上当受骗了。后来多次寻找到他爱人,在电话上她说我们已经离婚,他借的钱我管不了,又问董在何处,一问三不知。此事一直没有什么进展,成了我的心病。到2007年,我总感觉被人骗不是滋味,于是我和老伴去了一趟北安河,找到了他的家。一个新的不小的院子,高墙、古式门楼,大门紧锁,院内有条狗狂吠,外观看是一座新住进的院子,没有见到人。接着去了居委会,一是想了解董某目前在干什么;二是了解他们是否离婚。居委会同志讲,很早以前常见到他,近一年多来没有见过面,干什么不知道,是否离婚也不清楚,让我们去民政部门了解情况。去了民政部门,他们挺和气,但是否离婚他们也不清楚。我说能不能从户籍上看出来,他们找出户籍让我们看,没有记录有离婚的事。跑了半天,无功而返。我们对法律也不甚了解,后来才知道离婚前的债务,夫妻负有共同的责任。此间,我还多次写信给董某,晓之以理,动之以情,反复申明你们生活如有困难,这钱可不还,但应该见面,说明情况,我的工资有所增加,生活又不困难,决不在乎这几千块钱,你们有困难我们决不会袖手旁观等等。前几封信不知下落,没有回音;后几封信被退回,信封注明查无此人。看来钱是要不回来了,但心里总是愤愤不平。到了2011年,我向法院工作的女婿谈起此事,想通过法律解决问题,他劝我不要费这个劲,就算你支援了人家吧。我说不行,救助应该光明正大,我这是受骗,这口气咽不下去。女婿斟酌再三,说那你就告吧。于是我写了状子,交了120元受理费。后女婿告诉我,此案已转到西北旺法庭,由他们办这个案。过了一段时间,法院来电话告诉我,找不到董本人,无法结案,让我撤回告状。唉!没办法,只好这么拖着。到了2012年,女婿还记着此事,据他讲,法院有人去北安河办事,顺便找上了姓董的。问他是否有借钱的事,他老老实实作了交代,乖乖拿钱还账,真是"踏破铁鞋无觅处,得来全不费功夫"。

钱是收回来了,可我还是肚子有气,为要账,我花了10多年的功夫。如何用法律让这些不劳而获、故意劫去别人财产的人受到法律的制裁才好。

记得是1953年在军医学校,一位同学的战友骑自行车来校探友。我几年没有骑过车子了,遇有车子就想试试,借到车子就上路了。此地是城郊,都是泥土路,坑坑洼洼,高低不平,遇到下坡,车闸又不好使,撞着了一位50多岁的老太太,她打了趔趄没有摔倒,但右手端着的碗被碰掉在地上,摔成了几瓣,刚打来的半碗油倒了一地。我感到闯祸了,赶紧赔礼道歉:大娘,真对不起,撞痛了没有,把你的油也倒了。我赶快从身上掏出当月发的六块钱工资给她。那时油是凭票供应,有钱也是买不到的。老人家真不错,也可能看我给的钱不少,就接过钱了结了此事。要是她不干,反映到学校,这是违犯群众纪律的事,小则要点名批评,大则可能给予处分,那时纪律是很严明的。

也是这年11月,父亲从家乡千里迢迢到兰州来看我。从1949年部队西进兰州前夕,父亲来部队看过我,已有五六年没有见过面了。在军营一个星期六晚饭后没有事,我想带父亲进城去看电影。我们步行多半个小时,到最近的胜利电影院,买上了晚九时的票。当时才七时多,离开演还有一个多小时,天又冷还刮着风,于是我们父子俩找了个小饭馆,点了点小菜,要了点酒喝着,以消磨时间。酒后出门,风大天冷,我将帽檐放下取暖。到了影院门口要检票时,票找不到了,我这才想起票是夹在帽檐里面的,出门往下放帽檐时把票丢了。想赶紧回去找,但夜晚天黑又刮着大风,估计票是找不到了。原本很高兴的事,让我这个粗心的儿子闹得扫兴而归,心里真不是滋味。

1961年,正是困难时期。油粮糖及一些零食都是定量供应的,居民每月只有二两油。一个星期天下午我骑自行车去龙背村粮油店购买了当月的油,两人四两油,车子前边没有篮筐,用绳子系着瓶颈,挂在车把上。

打了油返回的路上,绳子自行脱开,瓶子掉在马路上摔碎了,油也倒得净光,原本没有油吃,仅有的一点油,让我给"处理"了。我悔恨之极,晚饭也没有吃好。

生活中还遇到过一些难堪的事,有次上厕所,不甚将装在工作衣兜里的手表掉入蹲坑下水管道里,还丢过几次手表,治疗牙病时,将假牙掉进痰盂里等,实在是让我哭笑不得。

再说说我工作上也做过一些错事傻事,说几件,也是历史给我的教育。20世纪70年代,全国兴起下农村的热潮。被分配到药局的一位女青年战士小樊,提出下农村要求。她是总后单位一位干部的子女,高中文化,思想比较单纯,工作积极,是培养干部的好苗子。我有些舍不得她离开部队,为此,我做了劝说工作。我说医院条件这么好,你工作也不错,也有发展前途,你去农村是否考虑不够成熟,我个人意见还是留在部队更好。她考虑了一下还是执意要去,我也没有再挽留。后来医院批准了她下农村的要求。在医院召开大会宣布这一决定时,院领导表彰了她响应党的号召,积极报名下农村的模范行动,同时也指出有的领导不支持,甚至做劝阻工作,帮倒忙等,这实际上是在批评我,只是没有点名罢了。事后我想,自己太实在、过于单纯,考虑问题太简单。

还有一件事,一直在脑子里萦绕,非常懊悔。也是这个年代,我出差去广州参观学习,大约也就10多天。返院后,王副主任告诉我,医院决定药局选派一名人员去总后医校学习,我们研究决定让小张去。这原本是已经定了的事,我也没有什么意见,可是偏有人反映选她不合适。听了这些意见,我没有去做工作,脑子一热,就召开科办公会,重新研究。经过讨论,大家同意选送小郭去。先后两次会议,产生两个结果,当然引起大家的议论。在部队,提干、入党和选送入校等事情都是很敏感的事,幸好那时没有请客送礼送红包的事,一般科里遇有比较大一点的事,都要通过科办公会集体研究,才能确定,然后报院领导,由院里最后决定批准。

小张、小郭她们都是干部子弟。小张的父亲是空军的一位中层干部，他与夫人曾来过医院，和我交流过他们孩子在部队的表现，我对老两口的印象不错。小郭父亲是地方大型工厂的领导，没有见过面。两个人工作表现都不错，很难说谁好谁不好，要说特点各有千秋，送谁去学习我都没有意见。事后想，我不应该召开第二次办公会，没有必要重新研究。后果是大家对两次人选都有意见，如果对第一次人选有意见，我可以做工作，或者让经办人说明情况，后果可能会更好些，然而我又召开会议改变了人选，问题全部集中在我头上，说我有偏心、不公正，不尊重副职（第二次会前，我与副主任共同研究，同意了的），小张对我意见更大。这件事对我教育很大，只要一想起此事，我就责备自己，当时脑子太热，热过了头就办错事，真是后悔莫及。

欣慰的是这些年轻人，先后都被送入医校学习，后来都成为药业战线上的骨干。

1985下半年，我去吉林省长春市参加全军药学专业学术会议，女儿在哈尔滨当兵多年未见，便借此机会顺道去哈尔滨看望女儿。住了两天，临走前女婿因公出差，只好由女儿送我上火车。女儿有孕在身，待我们进站在车厢上找到座位时，火车开始启动，女儿已经来不及下车了，找到列车员，说明情况，如何办理是好，列车员通情达理，说可不补票，只能到长春站才可下车。特快大约11点左右到长春。夜深弧自一人，让人但心。送站时她身上分文未带，我因额外购物，身上只剩两块多钱，留着到北京回家时买汽车票用，令人为难至极。据女儿讲，下车后先找了吉林省军区后勤部，但天已晚，人生地不熟，未找到，又返回车站找到军代表处，向值班人员说明缘由，他们接待热情，态度和蔼，通过给黑龙江省军区后勤部电话，证实了身份，并查找了下趟去哈尔滨的车次，请车站人员将女儿亲自送上了火车，真是万兴。当我第二天早上回到北京时，女儿也回到了单位。

　　一场狼狈而尴尬的局面就这样结束了。纠其原因，大意的父女都看错了开车时间而造成的。

　　写到这里，还想说说我遇到的另外两件极不愉快的事。一是20世纪70年代，女儿小学毕业，按理讲就近入学应去67中，那时人多学位少，考试分数线够不上67中的分数线，要到较远的其他学校，不方便。于是为了能让女儿就近入学，还得走走后门。正好一块去学习中医的一位医生的孩子也遇到这个问题。医生们的人脉比我们广，听说她也要去67中找人办理孩子的入学问题。我们很熟，我找她说既然你去找人，请你帮忙也捎带上我的孩子，这方面你们医生比我强，托你一块办一下，她满口答应。过了一段时间，她没有回话，有人告诉我，她的孩子已经办妥了入学手续，而我还在傻等呢，我非常生气。

　　还是那个年代，我大女儿乳房上长了一个肿块，诊断是脂肪瘤，需要做手术。我找了一位外科医生，请他帮忙做手术。他答应了，并预约好下星期五下午做。女儿家住西四，到医院要转好几次公交车，但她还是按预约时间到了医院。我们去办公室找这位医生，不在。在门诊楼外遇到了他，我说请你做手术的孩子来了，是否可以手术了。他毫不犹豫地说，我没有时间。我说咱们不是约好的吗？他还是爱答不理地说没有时间。我真要发火了，但我控制了自己情绪。我们在医院工作相识10多年，低头不见抬头见，虽不是很好，但从来没有发生过不愉快的事，怎么会有这样不通情理的事发生？

　　请人治疗疾病，不要说在医院内部，就是院外人员找医生也是常遇到的事。既然答应且预约了时间，中途有变又没有通知患者，事后应该毫无理由地完成自己的承诺，说话算数。退一步说，如果确实没有时间，给对方回个话，也可以委托其他医生替代你完成此项工作，我们都能理解。这样的小手术，能做的人有的是，并非某人不可。病人请你并预约诊疗，那是一种信任。既然承诺，应尽力而为，违背诺言，非君子也。

这两件事已过去40多年了，深深扎在我狭隘的脑海里，挥之不去，难以忘却。社会是由群体组成的，群体内外，人们总是相互交流互相帮助的，遇有困难，请人帮助是司空见惯的事。能帮则帮，不行，也可不帮，都在情理之中。但是"君子一言，驷马难追"，"言必行"。既然答应了别人的事，必须办。返回来说，帮别人办事不可能件件都能办成，遇到了问题没法办、不好办，或改变主意不想办、懒得办，不给办，也在情理之中，很正常，无可非议。但是要及时反馈给对方，讲明情况，好让对方另找门路，合情合理，没有什么不好；就怕既不办又不回话，小事还好说，特别是有时限性的大事，过时难以补救，延误大事，用咱老百姓话说，叫"坑人"，令人气愤。

小事中往往蕴含着大道理，社会交往中，诚信至上，让不讲信用的人与事，越来越少地发生，最好不发生。

最后还想说一下忘却不了的好事、高兴的事，20世纪80年代，小女儿脖颈长了一个臃，开始化脓，很痛需要切开，怕影响学习想下午放学回院再做，紧赶慢赶已是17点多钟，正在下班，换药室门已经锁上了，碰见一位外科护士，她说她不拿钥匙，医生也不好找，只好回家。路上巧遇外科主任杨冠群医生，我说明情况，他看了一下孩子的肿块，说该切开了。他寻找人拿到钥匙，去换药室进行消毒、切口、排脓、包扎，解除了孩子的痛苦，真是感谢不尽。像这样为病人着想急病人之所急的医生，愈多愈好，所有医生都能像他这样，该有多好呀。

八、健康之路

关于健康《现代汉语词典》解释为"（人体）发育良好，机理正常，有健全的心理和社会适应能力"。我这里的健康是指保持正常的生理机能，具有适应社会的能力，完成社会赋予的任务。如何保持健康身体，我认为主要是饮食、锻炼和精神面貌，根据自己的体会，粗浅地谈一些看法。

1. 合理饮食，粗细搭配

饮食主要指吃喝。人体是一个极为复杂的有机体，只有正确地吃喝才能适应和满足这个有机体，我们才能正常地生活与工作。机体需求很复杂，我们的饮食就不能单一，也要"复杂化"。随着人们生活水平的不断提高，吃饭愈来愈单一，大都精米白面，吃着口感很好，但是由于谷物外皮（壳）脱去太多，较多的营养成分特别是 B 族维生素损失了不少，如维生素 B1、B2、B6 等。因此我们的食物应该粗细搭配着吃。我中午一般吃米饭，在大米里加入黑米、小米甚至高粱米或燕麦米等。做稀饭时喜欢加入一些豆类，如绿豆、红豆、大豆，再加些花生米以及薏米之类的东西。这样多种食物在一起，从营养角度讲，它们能起到互补的作用。老吃白大米，总觉得好吃，若加入粗粮，会觉得不如白米好吃，这是个习惯问题，粗细搭配如能多吃一些时间，习惯了，返回来再吃精白米，你会觉得味道比较单薄,回味不够,还是加入些粗粮好吃。

母亲大半辈子都是吃粗米粗面,甚至野菜,吃习惯了。改革开放后,农村也逐渐吃起细米白面,细粮吃的时间久了,她老人家觉得口味淡了,还是想吃带有麦麸子的粗面粉。她叫儿孙到磨坊给她单独磨点粗面粉,儿孙不理解老人的心思,谁也不去干,老人生气了,自己背了一小口袋麦子去磨房磨了些粗面,回来蒸出的馍看着有点发灰,但吃着口感蛮香。大伙抢着吃,说真好吃。我有体会,每周吃一次棒子面发糕(当然是粗粮细作),胜过吃面包,很香。如果长期吃细粮,而蔬菜、水果又吃得很少,可能会患上脚气病、口腔溃疡等疾病。

再说蔬菜。蔬菜比粮食品种要多得多,给人们饮食提供了丰富的营养,也给人们留出了更多的选择余地。我们不可能吃上所有的蔬菜,但是常见的蔬菜我们也得搭配着吃,偏食偏菜导致营养摄入不均衡,会给人体造成不同程度的损害。我逐渐养成了这么个吃饭的习惯,饭后喝一碗汤。汤里必有西红柿、豆腐、鸡蛋和木耳,依据市场供应情况,还加入菠菜、丝瓜、白萝卜、蘑菇,有条件时,再加些虾仁等。这样一碗汤营养丰富,胜过一碗饭。究其因,杂也。

再来说说水。水是人体万万不可缺少的重要物质,人体内含有70%的水分。据说,人七天不吃饭饿不死,但七天内不喝水,人就会被渴死,可见水比食物还重要。随着生活水平的提高,人们喝水也讲究起来了,什么离子水、渗透水、蒸馏水以及各种各样的矿泉水等。水分为"软水"和"硬水","硬水"比"软水"含有更多的矿物质,主要是钙和镁的碳酸盐,对人体不好。当水烧开后,这些盐类会分解一些,沉积在容器的壁上,叫作水垢,久了会形成厚厚的硬甲。说明"硬水"经煮沸后,水中较多的矿物质被去除了。"软水"也含有矿物质,但含量少多了。水中含的矿物质多,对人体特别是对心血管会产生影响,但人体又离不开这些矿物质,因此喝普通开水对人体是有益的,把水搞得非常纯净,就失去了一个补充矿物质的通道。有的矿泉水,特意加入一些矿物质,有利又有弊,可根据个人情况选用。饮水也有学问,中老年人每早起床后,喝一杯白开水,这个习惯很好。有人平时喝水很少,特别是中老年人,渴了才去喝水,说明身体里已经缺水了,发出了警告,这种喝水方法比较危险。就像植物缺水打蔫了,再去浇水,晚矣。泌尿专家告诉我们,白天喝水的标准是保持三个小时左右小便一次,这就是标准。有的人特别是女人,怕麻烦,半天不上一次厕所,这很危险。血液由于缺水变得浓稠容易产生血栓,堵住脑毛细血管,发生脑中风,那时再后悔,晚矣。

总之,食物是维持生命的重要源泉,如何吃好喝好是大有学问的。在现代生活中,不断研究和改进我们的生活习惯,不但吃得好还要吃得科学,让身心更加健康,让生命更具有活力,寿命更加延长。

这里再顺便谈谈炒菜用锅和喝汤的问题。现在人们生活好了,但据有关医学报告,缺铁的患者不少,这可能与偏食有关,另外我还认为与炊事用具有关。过去人们普遍使用铁锅、铁勺、铁铲等做饭炒菜,现在大都换成不锈钢和不粘锅炊具了。从清洁卫生方面讲,不锈钢等炊具明光净亮,既好看又好用,但饭菜与铁制器皿接触少了,饭菜里铁的含量自然而然就减少了。铁制器皿都是高铁,即"三价铁"组成,从医药角度讲,铁原本不太容易被人体吸收,高价铁吸收更加困难,但是并不是一点不吸收,而是高价铁比低价铁吸收的更少更慢。如果长期坚持使用铁锅炒菜,日积月累,积少成多,对减少和预防贫血病还是有帮助的。当然这个仅仅用作预防,不能当做治疗使用。我家炒菜一直使用铁锅,炒过菜的锅不经洗刷直接加水做汤。中午我们一般炒两个菜,将第一次炒菜锅的涮锅水留着,与第二次炒菜后直接加入的水混合做汤,味道不错,并能起到预防贫血的作用,一举两得,何乐而不为。女儿到婆家第一次做饭,搬照我家的习惯做汤,婆婆初尝感觉味道不对,问今日的汤怎么有股泔水味?女儿说明原委,消除了误会。其实这是个习惯问题,时间长了,喝惯了,没有什么不好,有益无害,大家可以试试。

关于饮食,国家已经制定了一套标准,对油、肉、盐、蛋、菜蔬以及水果的每日摄入情况进行了量化,供我们在生活中参考使用。

2. 坚持活动,保持身体活力

现代生活中,运动已成为人们生活中增强体质、减少疾病、延年益寿的重要组成部分。现代生活水平提高了,一些不合理的饮食再加上运动跟不上,因而产生了"富贵病",如高血糖、高血压、高血脂等,所谓"三高"。据报道,我国糖尿病人多达一亿二千万,几乎占全国人

打太极拳之一

口的十分之一;全国心血管病患者达三亿人之多,几乎占我国人口的1/4,真是触目惊心啊。如果人们对运动仍不重视,这个数字还会往上增加,这对我们民族的繁荣、对国家的发展都是一个潜在的危险。我国糖尿病发病率这么高,我认为除了常提到的一些原因外,是否与饮食中缺"锌"有关,无实验依据,只是个人生活中的体验而已。

对于预防"富贵症",我有几点看法:

一是要培养运动理念。运动是生活中不可缺少的重要内容,健康的身体是一切事业的根本保证。一个人有天大的本领,整天头痛眼花、腰痛腿酸,看病吃药,如何去实现自己的抱负?树立运动理念,善于运动,把运动当成一种乐趣、享受。刚开始运动不容易,养成运动的习惯更难,三天打鱼两天晒网的多,长期坚持的少。因此,运动也是要下决

心的,下决心坚持一段时间,让运动成了习惯,习惯成自然,时间一到,不去活动会感到浑身不舒服,生活中好像缺少了些什么,就会主动去活动。

二是要持之以恒。运动锻炼是一辈子的事,不可能一蹴而就,需要长期坚持,使之成为生活中不可短缺的项目。我们住在靠山处,客观上给我们活动创造了有利条件。我30岁左右就开始爬山锻炼。那时还年轻,每天早起,拿着外文单词书,一边爬山一边念一边背,爬山一直坚持到耄耋之年。后来身体条件不允许了,山爬不动了,我就坚持进行其他力所能及的活动,让运动伴随着生命;让生命在运动中产生活力。总之,生命不息,运动不止。

三是选择适合自己的运动形式。我自小家穷,吃不饱穿不暖,幼年时又参军,在战火纷飞年代里,风里来雨里去,落得一身毛病,腰痛背酸,肌肉疼痛,胃肠病随身,经常感到身体不适。我采取针对身体疾患进行活动,哪个部位有毛病,就活动哪个地方。如治疗颈椎病,我就让头部左右、前后伸展,推磨式旋转、"隔墙看戏",双手抱头向后顶抵等;治疗肩周炎,我就两臂前后抛动、伸肩、扩胸等;治疗腰肌劳损,我左右伸腰、伸臂左右弯腰,再加上一些器械锻炼等;都收到一定效果。

有些活动,我依据自身的条件,将学到的动作做某些改进,使其更适合我自己。如"隔墙看戏",我除了垫脚抬头外,两手握拳,两臂由前向后用力伸直,成"喷气势",同时吸气;再缓慢提高两脚跟靠脚趾立地并呼气,坚持三到五秒钟,我管它叫"吐故纳新",这对缓解颈椎症状和对呼吸、心血管系统都有很好的作用,如能同时结合提肛动作,更好。

常言道,人老腿先老,为预防腿部先衰的问题,我采用了蹬腿活动,即提起一侧大腿,膝关节稍弯曲,小于90度,然后腿脚先向前伸蹬出,再屈再蹬,两腿轮换着做,到一定数量(如60次),然后再向后蹬去,最后再向左右蹬,其次数与前蹬腿相同。开始时腿部不要提得太高,用力不要过大、过猛，以免膝关节和踝关节受损。大腿提得愈高，蹬出的力量愈大，宜逐渐提高腿部和增加蹬脚次数，做完后再上下按摩腿部。我体会蹬腿活动不但对腿和腰，而且对全身肌肉以及头脑都有良好的作用，特别是对腿部衰老有一定的延缓作用。我年逾八十，走起路来照样轻松，不疲沓，与长期蹬腿脚不无关系。

通过这些活动，不能说把病给治好了，或者不生病了，但病症都有不同程度的改善，比如对颈椎病引起的头痛，就有明显的效果，甚至不痛了。当然，有些病如耳鸣耳聋、脑鸣等使用了很多办法，也无济于事，只能等待科学技术的发展。我相信总有一天会有办法治疗的。

选择适合自己的运动形式，不仅能提高活动兴趣，还能达到预防和治疗疾病的目的。

四是处理好质与量的关系。运动中质与量的问题不太好理解，比如说快跑、慢跑和走路，速度不一样，其结果会不同，这就是运动的质；跑与走的时间长短，这就是运动量的问题。活动中的质，就是把动作做到家，不要走过场。如打太极拳，一要一招一式动作做到家；二要思想集中，气沉丹田；三要有节奏匀称地呼吸。打太极拳不能急，做一个动作算一个动作，这样效果才会更好一些，这就是质量。关于活动量的大小我深有体会。20世纪七八十年代，我患上了肩周炎，据介绍前后旋转甩双臂，可以改善症状。我做了一两年，效果不错，肩不疼了。我认为肩周炎好了，减少了甩臂次数，由单臂每次旋转120转，减为100转，过了一段时间，肩又痛了起来，我想可能是减少了运动量的关系，于是又恢复到120周转，如此持续了两三年，肩周炎总算好了起来，从此再不敢减量了，这就是量的影响。用活动的方式减轻或缓解病痛，往往因为质与量未做到家，效果就打了折扣。为了锻炼好身体，掌握好质与量的关系是很重要的。

第五要循序渐进，量力而行。凡事总有个开头，特别是老年人，活动要从简到繁,从易到难,循序渐进,不要急于求成。做活动的同时去体会自己的动作,提高自己对运动的悟性,高质量地活动,但运动不能过量,要恰到好处,适可而止,否则适得其反。

3. 情绪乐观,精神饱满

《现代汉语词典》称精神"指人的意识、思维活动和一般心理状态"。精神是人体内在因素反映出来的外在表现,人受到外界影响或刺激,情绪低迷,人们会说这个人精神不好;反之,遇到高兴的事,兴高采烈,说他精神很好。漫长人生过程中,喜、怒、忧、思、悲、恐、惊,所谓七情都会遇到,都会影响到情绪、精神,这就要看你用什么心态去对待。心态好,想出好的措施去解决,事情可能就会得到妥善的处理,精神就会随之快乐;反之,没有好的心态,会使事情更加麻烦,给精神带来了负面影响。不同的心态可能产生不同的结果。

这世纪初,我也搞不清为什么那样倒霉,离休已有十年了,跟着老干部大学学习书画,成绩还不错,生活也很好,无忧无愁,可是身体出了毛病,整天鼻腔发酸、流清鼻、打喷嚏,全身发冷,还伴有咳嗽,我把它称作"亚感冒"。感冒药吃了不少,增强抵抗力的药也没少服,都无济于事,时好时坏,好的时间短,糟糕的时间长,后来患上了气管炎。到了 2008 年,旧病未好,又增新病,染上了结核性胸膜炎,真是雪上加霜,我便开始了抗结核的治疗。半年后,我的症状减轻,病灶有所吸收,经专家同意停了药。到 2011 年我又患起了胸膜炎,接下来又是半年的抗结核治疗,四年内患两次同样的病,对我压力特大,思想负担很重。我们家靠着山,每天早晨上山,到树林里活动一个小时,晚上还跳舞,从锻炼角度讲,活动量是足够了,饮食也不错,治疗药、增强体质的药都没少用,可是收效甚微。这时候,调整心态可能成为大问题。该吃的药照吃,该活动的照活动,想到"家穷没有饿死、战争年代没有被打死、和平时期没有给整死、改革开放年代没有撑死"，我感觉自己的命还是大着呢。于是我想通了，大不了就是死。我已年逾八十，这时"走了"也不冤。卸下思想负担，我的情绪好些了，身体状况也慢慢好起来了，这就是精神作用。

精神不是万能的，但精神作用是无穷的。战斗英雄麦贤得战场脑部受伤，脑髓都流了出来，仍然坚持战斗，凭什么，就是精神作用的结果，因此，我对"精神胜利法"有了新的认识。战争年代，物质匮乏，共产党人凭着艰苦奋斗的精神，扛起枪杆子闹革命；三年解放战争，消灭了有精良装备的国民党军队 800 万人；朝鲜战争，一个刚刚建立起来的国家敢于同一个武装到牙齿的头号帝国主义作战。志愿军入朝初期正值隆冬季节，冰天雪地，由于各种原因，战士们还穿着单衣，粮食也接济不上，可是凭着爱国主义与国际主义精神，胜仗一个接一个，迫使美帝国主义不得不坐下来谈判。外国人理解不了优良装备该获胜的，连连失败；劣势装备该败北的，却节节得胜。共产党人的精神，他们永远理解不了。国防大学金一南教授以朝鲜战争为题材，写了一本叫作《心胜》的书，我以为"心胜"二字高度概括了共产党人的精神内涵。斯大林说，共产党员是特殊材料制成的。是的，精神，就是特殊材料，不可战胜的材料。再重复一遍，精神不是万能的，但精神的力量是无穷的。精神用在健身上，道理亦然。

另外要有良好的生活习惯，不吸烟、适量饮酒以及通融的人际关系，夫妻和睦，家庭和谐等等，都是保持身体良好状态、身心健康不可忽视的因素。

我的健康观是不求长寿活命，但愿过好每一天；活着活的痛快些，死吗死的快一点，不给自己找痛苦，也不给家人添麻烦，走的干净利落，多好呀！

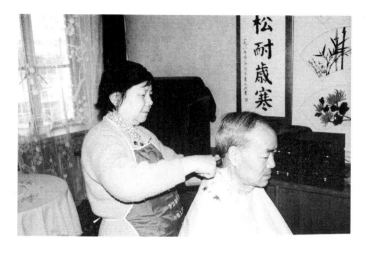

老伴为我理发,我们相互理发几十年了

4. 关注大环境,改善小环境

我这里所说的环境主要指客观的生态环境。环境分大环境小环境,大环境是指国家、地区的环境。这个环境的好坏,主要依赖政府部门解决,个人作用微乎其微,但可以积极参与。由于经济的发展,我们的生态环境受到污染,各级政府正在想尽办法,逐步改善,我相信终有一天,人们会享受到蓝天白云舒适的环境。

小环境是指个人所处的室内环境。当然小环境肯定受到大环境的影响,如何在大环境中搞好小环境,对个人来说也是非常重要的,因此要搞好家庭卫生。家里卫生主要是搞好物品堆放、清洁和保持通风。据相关报道,环保部门曾经检测过一些家庭的空气质量,结果有些家里的室内空气质量比室外还差,可见室内小环境对我们也是非常重要的。现在人们的生活水平提高了,居住的房屋都经过了装修,各种橱柜可以收纳各种居家物品,室内整洁没有大问题。定期清理桌面灰尘,拖地擦地,不但能起到清洁的目的,还能起到调节室内温度和湿度的作用。室内通风是非常重要的,特别是冬天,必须定时通风换气(在没有大气严重污染时),保持室内空气的畅通。

　　说到这里还想说一下室外的卫生。在生活中,我常常遇到室内装修得非常精美、漂亮,但门外与室内形成很大的反差的情况。室外包括走廊、窗户等都显得脏乱,甚至灰尘一层,自己门前的"雪"都懒得打扫,肯定会影响到室内卫生。建议大家还是勤快点,门里门外都一样打扫,使其清洁、整齐,保持环境和谐,对身体健康只会有百利而无一害。

5. 经久锻炼见成效,多次摔跤不伤骨

　　从 20 世纪 60 年代起,我自始至终坚持锻炼。现在八十有四,骑自行车也成为自己的活动项目之一。家人、好友都劝我不要骑车,危险系数太大,可我就是舍不得自行车,改不了。本人天生急性子,干什么事都图个快,整天忙忙碌碌,婆婆妈妈,总觉得有干不完的事,同一时间能办两件事的决不办一件,能办三件事的决不办两件。骑车比走路要快得多,年轻时骑车飞快,在马路上属于"有车必超"一族,如此一路追赶,直到目的地,图个快。

　　因为"快"也出过一些事,如与汽车擦肩而过、抢行汽车行道等,幸好都是有惊无险,但挨训是免不了的。买粮买菜出门办事,我总是骑着自行车。随着年龄的增长,近些年来骑车常常摔跤。记得有两次特别严重。一次是 2006 年冬天,雪后的晚上我骑车去舞场。地面上的积雪并不厚,路也不滑,本应走着去,可是为了省时间,我还是骑车前往,结果在出院小门时狠狠地摔了一跤。小门外下坡原为三四个台阶,大概是为了骑车人方便,在台阶上又搭了一块很厚的长铁板,铁板上面的积雪并未融化,可能挨着铁板底层的融化了,我怕摔跤,下车后人走左侧的台阶,让车子走在铁板上,结果自行车突然滑向右侧台阶,我没有防备,连人带车一起滑倒在台阶下。扑通的一声

惊动了门外的门卫，他进门观看，我已经站起来了，他帮我拍了拍身上的雪。我虽穿着毛衣，但右臂上下还是被搓去了一层皮，血肉模糊，手也碰破了好几处，左臂也有几处受伤。当时疼痛难忍，所幸脑袋未碰到石阶上，也未伤到筋骨。

2010 年又发生了一次更加严重的摔跤。大约八九月份，我晚上从舞场返回，骑车路过医院住院部门前的水池。我正在骑车行进中，前边一辆汽车倒车，为了躲避，我立即向左猛拐前行，碰到前面的石阶上，可能用力太大，车子"倒栽葱"，我从车子前面跌倒在水泥地上。待我爬起来，两臂、胸部大面积破皮，胸部全是血，所幸都是皮外伤，虽然疼痛，但身子骨没有什么感觉，行动没有受到影响。等我到家锁车时才发现车钥匙没有了，再开家门，原来挂在裤腰带上的钥匙也找不到了。我原路返回去找，也未找到，肯定是摔倒时钥匙从裤带上被弹出去了，可见当时碰撞力量之大，所幸并未伤到骨骼，脑袋也没出事。后来我将此事讲给家人听，侄子说，那是您坚持锻炼的结果，不少人特别是上了年纪的人，跌上一跤，几乎没有不伤筋动骨的，您却没事。我想大概也是这个理。

九、舞场闲谈

1. 喜爱跳舞，坚持锻炼

　　说起跳舞，还得追溯到20世纪50年代。1951年入学，学校组织跳集体舞。过去部队住在乡下，压根看不到跳舞，现在看到了，觉得有意思，因此我对跳舞产生了兴趣，便跟着跳起来。刚开始跳集体舞有人教，男女围成一个大圆圈，一边做动作一边唱：找啊找，找到一位朋友，敬个礼、握握手……开始时不太好意思，跳了几次，我就适应了。星期六晚上学校附近没有什么休闲的去处，只有礼堂常举办舞会。我跟着大伙去看热闹，人还不少，遇有熟悉会跳的同志，我就请他们教我跳，从此慢慢学起跳交际舞。1952年我们与护校合并成立军医学校，军医一二期有160名学生，都是清一色女同志，她们大多来自武汉、上海等大城市，是跳舞的行家。我们药二期是负责她们的思想工作的，相互

起舞

间比较熟悉,有些女同学男步跳得也不错,就由她们教我们跳,所以真正学会跳舞还是女同学教的。那会儿没有什么文化生活,每周六晚上我几乎都待在舞场里。记得军医一二期毕业典礼那天晚上,为欢送她们,学校举行舞会,跳了一个通宵,这是我一生参加时间最长的一次舞会。

到了工作岗位后,据讲有规定,基层不准搞舞会,医院从来没有举行过舞会,挨着我们的大单位有时办舞会,偶尔赶去跳几场。直到改革开放时,兴起跳迪斯科,为了活跃群众生活,医院也兴起跳迪斯科。院里请军艺的人来教我们,我当然是积极参加者。当时海淀区、青龙桥街道等单位还组织过跳舞比赛,比赛活跃了大家的文化生活。离休后,干休所组织舞会,我更是积极参加者。因为学习了一天书画,还是需要活动活动身子骨的。到了20世纪90年代后期,随着离休干部年龄的逐渐老化和身体条件的关系,跳舞的人愈来愈少,干休所的舞会停办了。我们挨着国防大学,只一墙之隔,我就去那边跳舞。夏秋季舞场在室外,是专门为跳舞修建的舞场,每天晚上都开放,为了保持场内清洁卫生,国防大学要向跳舞的人收取一定的管护费用。冬春季舞场在室内,每周三次左右,时间相对固定。可能因跳舞的同志越来越多,后来收费就多了,对外单位的人要收40元,凭票入场。因我喜欢运动,跳舞几乎没有间断过,不过次数减少了,隔日一次。一是为了锻炼,二是为了丰富生活。我现在听力不好,看电视受到影响,只好选择舞场去活动。

在舞场跳舞有20多年的经历,跳得多了,见的也多了,有些感悟,随便谈谈。称作广场舞,毕竟是群众性娱乐活动。我只是跳舞爱好者,在此说一些外行话在所难免,勿见笑。

2. 舞场结伴多面观

早先跳交际舞,主要的舞类有快四、慢四、快三、慢三(又叫华尔兹)之类的,大概是改革之后改称交谊舞,舞的类别也多起来,除了上述之外,又多了探戈、伦巴、桑巴和平四等。探戈、伦巴、桑巴是从非洲、美洲的舶来品,据说平四是北京人创立的,所以有人叫它北京平四。现在退下来的人愈来愈多,跳舞的人也多了起来。早、晚特别是夜幕降临,公园、广场、街道随处可见人头攒动的舞场,所以也叫"广场舞"。跳舞大大地丰富了人民群众的文化生活。事物发展总是具有两重性,有的舞场靠近居民住宅区,噪音大,时间长,影响到居民的休息,引发了不少事端,随着社会的发展和时间的推移,我想这些问题会逐步得到解决的。

跳舞总是男女为双,互称舞伴,以我看不是所有的人都能互为舞伴的。早期在电视中看到,宫廷舞池中大都是年纪大的男性找年轻的女性跳。我们的跳舞是群众性活动,与宫廷大相径庭,自由自在,任你选择。据我观察舞场选择舞伴大致有这样一些情况,一是以年龄取人。舞场男性多是选择年轻女性为舞伴,现在也有但少了些,现在的女性也多愿意选择年轻的男性为舞伴。舞场大多是老年人,但年龄悬殊很大,小的五六十岁,大的七八十岁。岁数越大,寻找舞伴越困难,多愿意和年轻人一起跳。二是夫妻双双为舞伴,但为数不多。一些夫妻配合较为默契,跳得很和谐,很少找别人跳;还有一些夫妻到舞场后就自个找舞伴,各跳各的;还有一些夫妻虽来舞场,但很难跳在一起,相互指责对方动作不到家,互相埋怨,难得成行,有时还闹出笑话。三是愿意找性格、节奏容易合得来的跳,动作协调、配合默契。这些人大多不以年龄、相貌取人,时间长了,基本上是互为固定的舞伴;还有一些可能是老同事、老部下、老首长,虽然一方跳的不咋样,但为了照顾面子,勉强在一起跳。四是"自由人",随便找人跳,如果找不到舞伴,临时休息,欣赏音乐,也是一大乐趣。

3. 舞姿做到家,效果会更佳

舞者大多是离退下来的老同志,他们以锻炼身体为目的,有的原来有基础,动作比较熟练,跳得比较自如;有的是初学者或者跳舞的时间不长,跳起来不那么流畅自如。因此,舞场千姿百态,形形色色,相同的音乐同样的舞,却有不同的舞姿和形态。我写了这样一首打油诗,叫舞场感怀:

> 灯光闪烁舞曲起,男女老中舞场集。
>
> 成双结对翩跹起,婀娜多姿神采奕。
>
> 雅俗共场也风致,舞姿体态难论级。
>
> 欢声笑语多意趣,健身交友颇受益。

一般地讲,学会跳舞比较容易,但跳好舞并非易事。广场舞和舞台表演的舞蹈不能相提并论,广场舞毕竟是大众性娱乐活动,大部分人是为了锻炼身体,动作不可能做到规范标准。以我之浅见,跳舞应尽可能做得好些。太极拳、瑜伽等都有一定的套路,跳舞也一样,每种舞都有它一定的套路,如伦巴、平四都是属于四步舞,是4/4的节拍,但它的套路完全不一样;探戈、慢四都是2/4的节拍,但它们的套路也相差甚远。不同的舞类有不同的套路,不同的套路有不同的动作。用相同的套路套用不同的舞类,显得不那么自然和谐,舞者尽可能地提高自己的悟性,使舞姿规范、协调、和谐、优美。

再说舞姿,舞姿是指跳舞者的动作和姿态,舞姿是舞者的外在表现。它反映了人们的精神面貌,因此舞者还是要注重舞姿的。做好舞姿我的体会,一是动作宁伸直勿弯曲,直而不僵硬;二是宁缓和勿急速,缓而不松垮;三是宁柔和勿生硬,柔而而不疲沓。作为健身运动,它在动作进行时,要求一招一式都要做到家,我想跳舞是否也要这么去看。每一种运动每一个动作都要体现它的质量,做到家与没有做到家,其结果不可能是一样的。舞姿愈是规范其质量愈高,获得的效果愈好。同时跳舞还要有激情,因为它是一种运动,没有情绪和走路一样,疲疲沓沓,松松垮垮,想跳又不跳的样子,就失去跳舞的作用。总之既不要懒散松垮又不要呆板生硬;既要热情奔放但又不狂放傲慢,把跳舞看成休闲养性、陶冶情操、怡养天年之举。

4. 为健康而歌舞

对于群众性跳舞,人们有不少的偏见,特别是老年人,认为男女抱在一起,不成体统,男女授受不亲,是不正经的,更甚者说"舞场里无好人"等。由于社会的发展,文化素质的提高,这种偏见少多了。但是持有不同观点的大有人在,过去和现在舞场出过一些问题,成为人们饭后茶余谈论的趣事,其实舞场之外出的事也不见得比舞场少。随着社会的发展,广场舞不但不会减少还会继续增加,因为退下来的老人愈来愈多,加之人的寿命延长,跳舞作为一种社会化体育活动有益于人们的身心健康,应该因势利导,使其更健康更完美地向前发展。

我是广场舞爱好者和积极参加者,对于跳舞我想谈一谈自己的一些粗浅见解,失之偏颇在所难免。

干休所合唱队在排练

一是音乐助兴。体育运动时伴有音乐伴奏的不少,比如体操、花样游泳等。运动中的音乐能促使人们精神焕发,精力集中,节奏明快,韵味增加,使舞者更加具有活动性能和表演性。舞场周围常有人观看,就是这个道理。音乐能够医疗疾病的认识早被人们接受，舞中音乐能使人体肌肉放松，精神愉快，可避免运动的乏味、单调、无聊等。

二是益于身体全面锻炼。跳舞是一种综合性的运动，伸拉、环抱、举臂、抬腿、弯伸腰、扭转等，从头到脚，由于不同的舞类有不同的动作，同类型有不同的姿态，几乎使身体各个部位都能够处于运行当中，使全身各个部位得到活动和锻炼。不同的舞类对头、颈、臂、腰、腿等各个部位都有要求，如果动作都能做到家，收益就会大大提高。有人患有肩周炎、颈椎病、腰椎劳损等症，通过跳舞也逐渐好转了起来，特别是肩周炎效果更加明显。另外对精神方面的疾患，也有积极的医疗作用。

三是最好的有氧运动。跳舞可以预防失忆和老年痴呆症，跳舞是有节奏感的运动，节奏比较快速的动作，如快三步会使心跳加快，但又不那么剧烈（可以掌握旋转弧度），其次是平四，其节奏次于快三但又胜于慢四等，都很适合老年人活动。舞时左右手都处于运动状态，并求其平衡，能激活大脑细胞，使大脑得到充分锻炼，提高智能和记忆力，会使你的思维更为敏捷，动作更加灵巧，并对促进心脑血液循环，改善血氧供应，预防心脑血管疾病等有一定的积极作用。《运动科学与医学杂志》2011 年发表的一项研究成果表明，经试验发现那些每周一起跳两次恰恰舞，坚持跳半年以上时间的老人，其记忆力和认知能力都得到了一定程度的提高。也有学者对老人活动做了对比性研究———一组每周跳两次探戈舞，另一组仅走路。10 周后，在认知测试中两组的认知都有所改进，但在多重任务处理测试中，跳舞者比走路者更胜一筹，主要是在协调性和平衡能力方面表现出优势。

四是改进人际关系。离退休后，脱离了原工作单位，人际关系范围缩小，但舞场是一个很大的团体，男女老少都有，接触面很广泛，谈舞艺、拉家常、天南海北随便聊，避免孤独、单调、乏味等。我对烹调很有兴趣，常与这些同志交流烹调技术，学到不少东西。过去我喜欢与人交谈，但随着耳病加重,听力越来越差,给人际交流造成很大障碍,交流愈来愈少。即使在一起跳舞的舞友,一个多小时一句话都不说是常事,为此有时也很苦恼,可是有啥办法呢!

五是舞场男女相伴起舞。在群众性活动中,是异性相聚最多的一个场合,有男也有女,熙熙攘攘,气氛活跃,花舞绣臂,情致各异,色调斑斓。让我们的生活丰富多彩、欢乐起来,尽情地跳吧!

5. 舞场的潜规则

舞场是集体活动场所,为了保证安全有秩序地进行活动,除了明文规定,如不准打闹嬉戏、随地吐痰、大声喧哗及爱护公物等之外,还有不少不成文的潜规则。大家都默默地遵守这些不成文的规矩,我把自己认为的一些潜规则概括归纳如下:

一是相传男性找女性为舞伴,女性可以拒绝,但女性找男性不可以,据讲是习惯,尊重女性,我认为不公平。男女在舞场都是平等的,如一方不愿意起舞,都可以拒绝。

二是舞场拒绝对方有两种方式,一是摆手,意思是我不想跳,二是说我累了,想休息一会儿,后者比前者要文明些,说明人家不愿意和你跳舞,比较有礼貌。

三是正在起舞,无论是男方还是女方,中途都不能放弃对方,避免使对方处于非常尴尬的局面。当然遇有紧急情况例外,但还是要说明缘由。

四是双方正在起舞时,第三者不能去拆散别人,既不礼貌,也容易引起误会。

五是夫妻双双去舞场,若单独邀请他或她应多注意、多考虑为好。如夫妻一方特别是女方,主动找男性跳,可跳,但注意掌握时间;男方找女方跳,男方更是要把握好时间,处理不好很容易引起误会。

六是去舞场玩,要有平和心态,如无人为舞,可听音乐,或与同志聊天,或离开舞场。如有人为舞当然好,无人也不必有怨气。

七是跳舞因个人从师不同,其动作有差异,应以交流探讨为好,求同存异,不能指责,更不能意气用事,因为你的动作不一定都是正确的。

八是起舞相互碰撞、踩脚在所难免,说声对不起,点点头、笑一笑,以示歉意。

以上这些,只是个人多年在舞场中的观察和感受,仅作闲谈,多有偏颇,行家多指教,舞者多添补,智者多规复,不胜感谢。

十、兴趣颇多，爱好难如愿

我这个人，感兴趣的事颇多，除本身业务工作外，对音乐、戏剧、歌舞、体育、文学艺术、书画以及种植花草等都特别有兴趣。我特别对中外轻音乐喜爱有加，先后买了100多盘光盘，经常放着听，尽管对音乐一窍不通，但就图个乐趣、愉快。年轻在学校，组织文艺演出，我们年级中，我总是其中一员。我在位时也常参加单位组织的文艺演出，离休后，干休所组织跳舞唱歌，我也是积极参加者。回顾往事，有几件事值得说一说。

1. 家庭养花，美化居室

说起养花，可追溯到20世纪70年代。70年代初，林彪宣布"战备动员令"，香山总后干休所离休人员——高级干部都搬到三线去了。309医院因住房紧张，部分干部搬到那里去居住，我是其中一员。住地离香山公园花房很近，同去的检验科主任庞崇高是个花卉爱好者，到那儿他就与花房拉上了关系，还经常叫我一起去观赏。原本就爱花的我求之不得，一来一往，和他们关系搞得很熟悉，休息时间常去花房玩。他们还常带我们去中山公园等参观学习，因此学到了不少花卉知识，为我后来养花奠定了基础。因为爱好，只要北京地区有花卉展览或者有卖花的地方，我总是相约养花爱好者同去，时不时地买两盆。对于一些南方花卉我也试着培养，如栀子、兰花等，但都因不具备养殖环境和条件，多次试养失败，所以只能养一些普通花卉，后来慢慢地对盆景、根雕产生了浓厚的兴趣。我们居住在西山脚下，休息时间常去山上寻找枯树根以及被踩踏长不起来的奇形怪状的小树，挖回来进行雕饰和培养。

记得大约是 80 年代晚秋的一个星期天，我与盆景爱好者小刘相约去香山的后山，寻找盆景原材料。我们五时起床，带上中午饭，骑车赶往香山。我们把车停放在山下，然后翻了几座山头，已是八九点钟了。我们一边寻找理想的树根一边挖刨。有的从表面看着

上山找根雕源

还不错，刨出后一看，压根不是想要的东西。就这样我们挖刨了四五个小时，搞到了几件原材料。小刘年轻，他挖到的"宝贝"多，而且还是一些根茎比较大的植物。直到下午四时多，我们才往回返。当骑车到万公墓下坡处，小刘车子前辖辘突然脱离前支撑架，顺坡而下，滚出 10 多米，倒在路旁，幸亏小刘反应快，从车子上跳了下来，没有摔着。我在他的后面，看得很清楚，吓出一身冷汗，如果是因为玩出了事故，可不是小事。多年来，我挖到一些材料，但由于时间有限，爱好颇多等原因，挖回的原料，没有时间制作，乱扔乱丢，几乎没有做成什么像样的成品，目前保存下来的只有一座台灯架。那是 70 年代医院葡萄园整地，从挖出的葡萄根拣到的一块，真是天造地设，我先后用了多半年的时间，精心雕做成台灯架，整体古朴雅致，清秀美丽，看着赏心悦目。把台灯架放在床头，常看常新，感觉是自己难得的一件杰作，是一件精制之品。

至于说到盆景，我也是挖空心思，有买的也有自行制作的。那时出差去上海，我总是要去龙华公园看看。对我最有吸引力的是五针松，此品高

雅名贵,枝杆奇特,叶片五针为一族,挺拔俊秀,繁茂丛生,四季常青,分外讨人喜爱。成品起价数百甚至上千元,买不起,我只能挑选几十元的次品。虽然经济不那么宽裕,我还是先后买过几次,宁肯在生活上节俭,也要满足精神上的需要。其实五针松到了北方由于各种原因,过不了两年就会枯萎而死。每逢这时,我就会特别伤感,后来再不去养它了。

2. 精心制作养盆景,室外丢失真痛心

买来的盆景成品,花了钱还不容易养活,我觉得不如自己制作更有情趣。因此后来我经常购买半成品或直接自己栽培,也买了这方面的书籍,一边学习一边培育制作,养花的兴趣更加浓厚。我最早是从培养"六月雪"开始练手的。大概是20世纪80年代,侄子陪我到四季青附近一家花房购买了一盆"六月雪",回来剪枝栽培。此物生长比较快,几年里繁殖培育了几盆。待它生长到快要成型时,为了能得到更多的雨露滋润,夏秋时节,我把它放在室外土地里,使其成长更快些。这倒好,放一盆,被人拿走一盆,还有其他的品种,凡是培养成的像样的成品,都被人不吭气拿走了。

朋友都知道我喜欢养花,爱好养花的好友也有拱手相送的。最难忘的是西北旺中国医学科学院药圃的孙尊贤师傅。我们认识于20世纪70年代,那时我们医院要种植人参,找药圃帮忙,通过他们所领导介绍,他帮助我们种植人参。他是人参种植专家,人品厚道,热情肯干,有关中药种植知识很广泛。他毫无保留地教给我们种植技术,我们也虚心学习。最终种植成功,因此,我们也成了好朋友。他是一位很用心的人,知道我喜欢养花,便送给我一盆"黄金柏"。这是一棵柏树,其叶和枝干都是金黄色的,太阳一照,更是金黄闪亮,所以叫"黄金柏"。他是春天送来的,到初秋时我觉得该修剪造型了。于是我进行剪枝、弯曲、捆扎等制作造型,辛苦了一整天,对自己的作品还比较满意。盆景意境

深远，情景交融，既有柏树的风骨，又有古人的仙姿，甚为好看。我还未来得及搬入室内，当晚就被人偷走了。真是气死人！

还有一件难忘的事，我辛辛苦苦搞了一棵酸楂小树桩，大概有一二十年的树龄了，造型特异，奇形怪状，非常讨人喜欢。此树不怕冻，入冬时节埋入室外的地里，第二年开春去挖时，早已被人抢先挖走了，真是扫兴之至，生气极了。

不过，也怪自己不长记性！

我想人们的爱好应建立在自己劳动的基础上，通过自己的辛勤劳动，创造自己的美好生活，乐此不倦。不劳而获，再好的艺术品欣赏时都应感到亏心，甚至羞耻，偷窃别人的东西，拿来自己欣赏，那有什么意思呢！

3. 辛勤劳作，收获有成

因为丢失了不少"作品"，我吸取了教训。好点的花卉、盆景再不往室外放了，放在凉台养着，虽然生长慢些，但保险。花了几十年时间，我养育了几件比较满意的作品。大约20世纪70年代，在市场买了棵小榕树，怕丢失，一直放在家里养着，历经三四十年的培育，现在已是盘根错节，枝叶茂盛。每逢秋天，我都会对其修修剪剪。这既修身养性，又陶冶情操，乐在其中，其乐无穷。还有一个上水石盆景，我也养了几十年了，也算是爱好玩出来的好作品。

出于性格原因，我也非常喜爱石头，所以我的"字"称"顽石"。我也不搞收藏，但遇到称心的，也购买了几块，存放陋室，自个欣赏，蛮有意思。

4. 作品选录

丰收

江山多娇

春光翠青

华岳锦晖

战马嘶鸣

山岳虎啸

葡萄根制台灯柱

绛紫香珠

空谷鸟鸣

附 录

1. 对书法发展的遐想

本人对书法一知半解，对书法理论更是一窍不通。但喜欢书法艺术，常去参观一些书画展，读些书画报纸及书刊之类的文章。看多了，感受随之也多起来了。脑子经常琢磨书法艺术的现状与发展。怎样才能使书法艺术跟上社会发展大趋势；如何不失中国传统书法的特征、形态等。这个问题谈何容易，范围宽广，难度更大，特别是外行更加增添了难度。这里谈一些粗浅的看法，作为抛砖引玉罢了。

从总体上讲，中国书法两千多年来，汉字大体经历了篆、隶、行草和楷书的发展过程，形成了现在的通用汉字。从某种侧面讲，从不规范的文字发展到现在非常规范的书写文字，这是与社会发展、进步相适应而成的。社会是由低级向高级，经济、艺术文化等由落后向发达，不断向前发展着。人们社会活动、组织生产、生活管理等要更加有序。作为社会语言交流的文字必然受到冲击。千年前的草书显然不适应更加规范更有秩序的社会发展和经济发展的需要。返回来讲，如果我们今天仍用草书文字进行交流和书写，那不知会出现多少乱子呢！

所谓书法，是文字书写时附加有创意和感情色彩，使其表现出某种艺

164

术特征给人以美的享受。

纵观书法史,各个历史发展阶段(从大范围看)都有发展。以楷书为例,由欧体到颜体,用艺术的观点看是发展了,而柳公权综合欧、颜二体,发展为柳体,尽管方块字体、形体并未改变,只是点、横、竖、撇、捺等的入笔、运笔,点、画的粗细、长短、高低、斜度、笔势等发生了变化,因而给人们的视觉感受就不一样了,这就是楷书艺术的发展和变化。到了元朝赵孟頫对楷书又有新的发展,形成唐后的书法四大家,至今被人们认可,成为学习和临摹的范本。再看行书,被大家认可的首推王羲之,另有谢安、王献之、颜真卿、柳公权以及后来的苏轼、米芾等等,他们都是行书的楷模,都有新的发展和创新。但共同的特点都未改变中国方块字形字体,仍然是在传统的基础上改进创新,造就各自的字体风范。其他的如草书、隶书亦然。

通过这个简单的书写历史,看出书法是随着社会和历史的发展而发展的。但如何发展？是另立锅灶从头开始,还是继承前者继续发展,是我们要深思的问题。目前流行的现代书法中,一些人在行草书上大做文章,把字刻意写怪,东涂西抹让字体变形变态,使人难以辨认,看不清它是字还是画,甚至达到什么也不是的地步。这就动摇和脱离了传统书法的根基。新加坡书家潘受讲"有的书法不知写的是什么,横一笔,竖一笔,突然一大块墨水掉当中,我说这不是炸弹而是原子弹,你一个怪样,我一个怪样子,将来文化会毁掉,还有什么文化可言。抛弃传统就等于抛弃生命"。这段话讲的是多么精辟呀！创新当然很难,也需要,但不能在怪字上下功夫,只能是继承和发展。当代书家冯亦吾有诗道:守正求奇本寻常,须入规矩下功夫。系风捕影追狂怪,画符涂鸦不是书。多么精辟。遗憾的是对于这些怪的东西,常常得到行家的重奖。我认为只能鼓励不能重奖,待到近于成熟或成熟时再奖也不迟。过早肯定某些"怪"作品不利于书法艺术的发展,甚至把书法艺术引向歧路。

唐代书法家孙过庭对书法有一段独到的见解："真以点画为形质，使转为性情；草以点画为性情，使转为形质"。这话虽是千年前讲的，但对我们现在研究书法是有现实意义的。中国的文字就是由点画构成的，脱离了点画，何以谈得上中国文字，更谈不上中国书法。要使书法有发展，必须具有熟练的技巧和浓郁的情感。看楷书四大家，他们中间的差异就是点画的使转和情感的灌注，当然，那是他们那个时代的产物。我们现代人研究书法，就是要用现代的观点、构思和工具，研究点画的形质和使转，以表达现代人的质感。可喜的是现代科学技术的发展，为研究书法艺术提供了更多更先进的研究手段，在这方面多下些功夫，既继承又发展，何乐而不为呢。

现就当前书法书写提几点不成熟的建议，供大家思考。

（1）书法要发展必须在点画、线条上下功夫，揭示线条的美感，古人给我们做出了榜样，但它是那个时代的产物。现代的点画线条，就要适应现代社会快速发展的需要，求其快速多变，但不能脱离或改变现代文字的性质，还是要在传统的基础上下功夫，革新和发展。

（2）为适应快节奏，用简化字书写是非常必要的。目前在书法作品中使用简化字的比较少，难以适应快节奏社会的需要。简化字能明显地加速书写过程，在实践中多使用简化字体，并逐步推出新的规范化简化文字，以适应需要。

（3）关于章法，我国历代书写文字都是纵行的，现在书、报、杂志等都是横排。相对地讲，书法文字也要考虑横线的形式，特别是条幅、中堂、方斗和题词等，更能适应中国房子变矮的需要，当然对联目前还不能横写横挂，待社会发展到某个阶段，也许有人能想出楹联横做的模式。

（4）竖式书写历史是从右向左排列的，这大概是习惯势力影响的结果。是否可改变一下，从左向右竖行排列。好处是书写过程视线可较全面地观察左侧的正直和倾斜等。

以上这些只是谈到书法发展的一个侧面,一孔之见,抛砖引玉,还望多加指正。

一九九八年六月

2. 对书法线条的思考

中国书法是在中国文字基础上发展起来的另一类具有艺术性质的文字,博大精深,源远流长。当我们写字时总想把字写的好看一些,这是共同的想法。但是写字与书法不同,文字有一定标准和规范,但是到了书法是无统一标准的(于右任曾作过标准草书,但未行通)。所谓写得好与差,都是相对比较而言,当甲与乙比较,甲比乙写得好看一些,而甲与丙比,显得甲逊色了。在书法领域作比较,不仅是结字的比较,更重要的是构成字体线条点画的比较(当然还有章法和布局的问题)。线条是基础,结字特别是在草行书里就显得不那么重要了。书写犹如搞建筑一样,要使建筑坚固美观,首先构成材料要优质。书作也一样,结字美观又耐看,构成它的线条必须优美,这样的书法作品才能显示出品位来,才能给人美的享受。在真书中,因线条的异同,就构成颜、欧、柳、赵四体,虽然它们都是标准文字写成的书法,但在草书里字体是千变万化的,形质和结体发生了飞跃,形成了许多新的流派。因此,书写不能按照常规单纯写字,而是要有更高的意念和笔法,把文字变成了"文字艺术品"。只要能达到可识性,尽可能地作变的处理,即使同一个字在同一篇书作里多次出现,也不能以相同的面目相见。结字形体必须改变,这对写好草书极为重要,行草书里特别是草书,线条变化愈频繁,其艺术性愈能显示出来。如近代被大家公认的舒体和启体,其字形结体无多大变化,只是线条与形质的不同,构成了不同的书法流派,被广大的书法爱好者学习和临摹。要想提高书写技能,提高书法品位,必须从线条上下功夫,有了线条这个基础,加上章法布局的处理,一篇较好的作品就会应运而生。这里根据个人的粗浅体

会,谈一些看法:

(1)线条在书写中的重要作用。通常写字按笔画,一笔一画,一笔就是一画。行草书也是笔画,但不是单纯的笔画,而是笔画画出了线条,由线条构成了字。成篇的字成了书法作品,此时作品的优劣,不但视其结体(在楷书中很重要),更重要的是看它的组成线条。中国文字是方块字,它的结体可发生变化,无论是那种书体,结体可宽可窄,可长可短,线条可粗可细等,到了行草书,线条更是发生了质的飞跃,可近可远,可连可断,可正可斜,甚至可以变形错位,变化多端等等。单从结字看,难以判断其优劣。主要看它的线条,线条是书体的灵魂(布局章法当然很重要,这里不谈)。怀素在《自叙帖》里讲:"志在新奇无定则",还讲:"心手相师势转奇,诡形怪状翻合宜",很清楚地说明字不在形而在线条的质地。

那么什么是线条呢? 孙过庭在《书谱》里形象化地给我们勾画出了它的含义,说明了什么是线条和它的本质,"遁钩绳之曲直,乍显乍晦,若行若藏,穷变于毫端,合情于纸上"。我的理解,书写出的线条就像绳索一样,绳索是用纤维捻转而成的,观之既柔忍又坚挺,既直率又曲扭,遒劲而质妍。另外,怀素在《自叙帖》里有这样的叙述:"奔蛇走虺势入座",其他如"宛若游龙"、"百岁古藤"、"锥划沙"等等。我认为这些都是对线条的描述,当然也包括用笔,用笔才有线条。书中的线条就像蛇、古藤样,这样线条写成的字,一篇好的作品就会油然而生。而不能让一笔一画画出火柴棍,像有的书家说的那样,用火柴棍搭成的字,生硬、毫无质感。为此,从学书起,就要认识线条的重要性,"锲而不舍水穿石,按部就班是正行",用线条的意念练习笔画并进行临摹,学书效果才会又好又快。

(2)学书必须从基础学起。我的体会是必须学好基础课。所谓基础就是从楷书学起,逐渐过渡到行草。有人提出不必先从楷书学起,直接从行草开始,认为这是一条捷径。理由是中国文字是从篆、隶、行、草再过渡到楷书的。这实际上把概念搞错了,那是文字发展走过的路子。如果硬套这个路子,我没有细查文件,恐怕这个想法不只是近代人才会有的。也许古代就有人研究过但没有成功罢了,所以千百年来人们总是延续老的路子走着。因此,基础必须从楷书学起。组成文字的基本笔画是点、横、竖、撇、捺等,不管是哪种书体,线条都是基本骨架,严格地讲,点也是线条,它是线条起始点。只是到了行草书有了简化、变形、错位以及用符号替代笔画罢了。学书必须一笔一画学,一笔一画练,一笔一画地临摹。常言道:学书自古重临摹。这样比较符合人们认识过程和实践的规律,如同小孩学走路一样,"未有未能立而能行,未能行而能走(跑)者也",必须一步一步学,有了楷书的基础,行草就容易多了,在笔画和使转上就可能有较多的自由,比较容易学习和掌握。

(3)学书必须坚持长期的临摹和练习。字是写出来的。书是练习出来的。学书是主观对客观的认识和接受。多注意临摹与悟性的道理,临摹是认识过程,悟是接受过程;临摹是悟的启动,悟是临摹的成熟。老人们经历了几十年的风风雨雨,但真正遇到文字磨炼的很少(个别除外)。书是一个新的艺术领地,要正确认识并反复实践提、按、顿、挫及使转等过程,不能急于求成。功是练出来的,"功到自然成",不求最好,但求年年有进步。在练习和临摹中找问题,启动主观能动性,不断解决书写中出现的问题。同时,选择自己所喜爱的书体,长期反复临摹,待取得成效后,再选一些接近所喜爱书体的字帖,再认识再临摹,从临摹中悟道理,从悟中找差距,把理性糅入到自己喜爱的书体中,久而久之,就可能形成有自己个性的书作。从必然王国走向自由王国,熟能生巧,量变到质变,任你挥毫,会使你的书作愈来愈好。

当然,书外功还是必需的,字外功主要是提高个人的悟性,实际上是为书写不断提供营养,这里不赘述。

我所谈的线条,是学习过程中的一些粗浅体会,并非结字不重要,更不是我的书法学好了,而是要更多地注重线条罢了。一知半解,无知之谈,无非是"抛砖引玉",愿与同道共同讨论,以提高我们的书写水平,谬误之处在所难免,敬请同道批评指正,不胜感谢。

3. 执笔琐谈

执笔,俗称握笔、拿笔、捉笔等。执笔不是用笔,但与用笔有密切的联系,执笔是用笔的起始,用笔是执笔的使用过程。一般地讲,凡是会写字的人,都会执笔。但我们讲的执笔与一般的执笔写字有所不同,一般执笔写字随自己的习惯和意愿,比较自由,但学书执笔有严格的规定和要求,不可随意,只有执好了笔才能用好笔,用好笔才能写出好的作品来。大凡学书,首先要讲执笔法,这是习书学画的必修课。执笔的文章很多,有"拨镫法"、"单钩法"、"双钩法"、"回腕法"、"凤眼法"、鹅头法等等。这里谈一些个人的观点和体会,与同道共勉。

(1)笔与指。较早谈到执笔的可能是唐代的韩方明,他在《授笔要说》中说:夫书之妙,在于执笔。既以双指苞管,亦当五指共执。后来书家沈尹默对五指执笔叙述得更详尽。所谓五指共执,系指五指分别起擫、押、钩、格和抵的作用。拇指管擫,食指管押,意思是用拇指和食指掌笔(夹住笔杆),主要是固定与约束笔管,防止笔管左右前后摇摆,是执笔的主力和原动力。中指管钩,就是钩住笔管外侧,当笔上下运行和左右盼顾时,用中指协助拇指、食指钩住笔杆,以增加擫押的力度。无名指管格,也有用"揭"字的,即阻挡之意,防止中指钩之过度。中指的钩与无名指的格既矛盾又统一,起到协同步调一致的作用。小指管抵,即垫、托之意,无名指力量小,不可能完全挡住中指的钩,小指给以协助,助其一臂之力。就是五指各行其司,发挥着不同的作用,起到五指共执,从而达到执笔稳健,运行自如,笔致松活,神采飞扬,作品应运而生。

(2)指与掌。古人云:虚掌实指。五指执笔要使其活、要运行、要捻转,有灵性,必须虚掌。不虚掌,五指攒笔,很容易执成"死笔",笔管执死了,写出的线条一定是生硬呆板,没有灵性。虚掌的程度,按古人的要求,掌心应当握住一个鸡蛋的空隙,这才叫虚掌。要做到指实掌虚,行之不易,特别是小指,易入虚掌或易失"抵"的作用,必须经过长期的艰苦练习才能做好。

（3）指与腕。书家云:指执笔,腕控笔。关于腕控笔,清石涛说:"腕受实则沉着透彻,腕受虚则飞舞悠扬,腕受正则操纵得势,等等"。就是依靠腕的作用使笔灵活运转,还得心主腕,使其得势,才能执好笔,否则执的是"死笔"。要求手腕是平腕,也有的讲要直腕、竖腕等,都是一个意思,就是手腕部要平。依靠腕的旋转运动,使五指执笔处于"动态",画出的线条才会有"动感、质感",字才会有灵性。

（4）腕与肩。古人云:虚其腕,松其肩。虚其腕就是要悬其腕,手腕要悬空,为的是增大、增强执笔运转空间。腕的运行还要以肩的支撑,松肩以力使腕,贯注力于腕,加强了腕的力度和运转能力,特别是书写大字。这样,就会调动全身的力量,加上运气的功夫,就成了气功书法,这里不多谈。

（5）紧与松。执笔握得紧些还是松些好,前人虽有论述,各执己见。一般地讲,以自己的体会与习惯而定。相传王献之习书时,其父王羲之从身后猛地抽其笔杆,未果,说他教儿执笔有功,字写得好。其实过多的使劲握笔,会使书体产生僵硬不自然;过松笔管游荡,也会影响线条的质量,因此,既不要太松也不要过紧。苏东坡主张"作书不在笔牢,浩然听笔之所之,而不失法度。"我认为握笔有感,感到自如为好。

（6）高与低。执笔握管的高与低,常与开始学书养成的习惯有关,到底多高,前人无定论。一般地讲,大笔大字执笔要高些,小笔小字要低些。现在的笔管也不规范,有长有短,有粗有细,一般是以拇指、食指撅、押笔杆中端,其他几指在其下端。总的是要保持笔锋在运行中稳健、灵活、自如,随和,有的初学者执笔很低,不可取。

（7）浅与深。浅是指用指的第一关节前中端执笔，反之是深。书家周星莲在《临池管见》中说：执笔须浅，浅则已转动。深是指笔管溜托到第一关节处，不利于笔管的捻转，避之。也有述说，深些、紧些适于沉着有力的笔画，等等，自己量力而行之。

（8）站与坐。似乎与执笔无关，但是站与坐对执笔所产生的效果完全不同，特别是写大字体更是如此。坐式执笔必然形成执笔力度不够，很难提高书写能力，为了练好书，还得练站功。两脚站立，与肩同宽或稍宽。站着执笔，用以调动全身的力量，再加上思想意识的贯通，必然会使执笔力度加大，会使线条浑然雄厚，壮观有力，等等。

以上所谈，一孔之见，谬误难免，望同道多多指教。

4. 书法简繁字体混用之浅见

书法简繁体混用一直沿用，虽有不同看法，但未见有明文规定。2003年，第八届全国书展，权威部门作出规定，书法作品要么用简字体，要么用繁字体，简繁字体不得混用，随即引发不少争论。实际上，大凡全国性的还是局部性的（省、市、部门等）书展，并未执行此规定。还是我行我素，不以为然，为什么？我想谈谈自己一孔之见。

（1）遵守自然规律。书法与其他事物一样，都有它的自然发展规律，不是有个规定能解决得了的，就像于右任把草书进行规范化，花费很大力气，搞成"标准草书"，虽有参考与研究价值，但不能成为大家共同遵守的典范。为什么？因它不适合书法的书写规律和发展动向。字是活的（规范化适用文字不在此列），人更是活的，你一个规范了得？就有了框框，或多或少地限制了人们的手脚，书法是艺术品，"与时俱进"，随同社会和时代的发展而发展，发展是永恒的，停止是不可能的。

（2）简繁体混用自古有之。我们看到较早的"汉晋书简"就有简化字，如"见"，著名十大草书，要么有偏旁部首的简化，要么就有简化字。

其他如"千字文"、"书谱"等,简繁混用比比皆是。可以讲,从汉朝到现在,简繁体混用一直没有间断过,沿用至今,准是因为有它的需要吧!

(3)习惯势力的影响。俗言道,习惯成自然,延续千年的混用,短时间让其改过来,很难办到。另外,简化字用于书法,无论字形还是章法还都有研究的必要。书法家启功先生生前极力主张简化字作书,并带头使用,他是书法家,当然用起来自如。但对广大书家和其爱好者还得有一个很长的过程,才能逐渐实行起来。

(4)简繁体混用更能体现韵味。书法是实用文字衍变而来的,但变成书法作品,很大程度上失去了实用性,变成了艺术品,和其他艺术品一样,是供人们观赏用的。简繁体混用,会使书作变得更和谐、流畅,从章法上看更能体现出韵味,起到"优势互补、劣势削减"的作用。

(5)简体与草书符号有些不好分辨。草书中遇到不少是用符号替代笔画的。简化字又吸收了不少符号作为简化字的,如:时、车、长、继等等。因此在书作中往往不好辨别是简化字还是符号?又如"翻与番,都可任选,难以确认是与非,因此不必把简繁混字体列为禁忌。

(6)随着时代、社会的发展,文字、书法也会随之发展。简化字没有发展到顶端,今后人们在使用文字(包括书法)过程中逐渐摸索和认识,还会有新的简字体出现和应用。混合使用更能给人们宽松的环境和场合,让人们自由发挥智慧(胡涂乱抹例外),摸索出更多的简化字,并逐渐用在书法中。混用可以鼓励人们的积极性和创造性,有利于"百花齐放,百家争鸣",何乐不为。

我谈的这些,并非简繁字体必须混用,而是依个人爱好,愿简就简,愿繁就繁,愿混就混,任其自然发展。随着社会生活节奏的加快和新技术的应用,简字书法也会慢慢地被人们采用,但可能还有很长的路要走。我这是班门弄斧,一孔之见。谬误在所难免,请批评指正。

5. 试谈捻转用笔

谈到用笔,其术语有数十种之多,诸如提按、转折、轻重、迅速等等。但是关于捻转提到的很少。只是卢肇悟(其生卒不详)提出过推、托、捻、拽、导、送等用笔法。后来,也有人提出过捻转,但叙述都非常简单。初学书时,书法老师何玉璋反复提到捻转用笔问题,既不理解又不会用,后来,由于学习的延续和深入,才慢慢体会到捻转的重要性和产生的良好效果。认识到捻转也是用笔中的重要组成部分,不可不学习和研究。我在学习过程中逐步体会到捻转会使书写线条更加丰满、充盈(正在学习,还不能做到运行自如)。这里,谈谈个人粗浅体会,和同道们共同讨论。

(1)用笔为何要捻转。捻转是用笔过程中重要的组成部分,提、按、顿、挫等,都不能替代捻转。它与各种用笔法相互配合、相互协作、相互依持、相得益彰,可显著地提高线条的质量。

a. 增强线条的力度。在用笔过程中,有提、按等,再附有捻转,使笔画涩行得到充分体现,增加了墨与纸的接触过程,纸能接触更多的墨,使字体线条变得更加遒劲、浑厚、敦实。

b. 增加线条的韵味。捻转笔管可使笔锋些微旋转,无形中延缓笔锋与纸面的接触,使线条趋于活泼、灵巧、凝练之感。可避免线条呆滞、生硬、死板的毛病。

c. 增加线条的神气。在书写过程中,由于笔管些微地不停地提按、捻转和笔锋的扭曲,比较容易形成"屋漏痕"、"锥划沙"等。增加了线条的动感,字体变得严谨、含蓄,更富有生气。

(2)如何捻转。捻转是依靠拇指与食指掌握笔杆,用两指的第一关节捻转笔管,使笔锋向前或向后旋转。拇指前推食指后撤,谓之推;反之谓之撤。推撤反复运行笔管,捻转造成笔锋旋转过程。

a. 在书写横形和竖形线条时,采用推法捻转。中国文字,一船是左低右高,且有向左倾斜之势,更易造势;撇也采用此法,笔锋使向左下方向,趋于扩展,自然运行。

b. 在书写捺形线条时,可采用撇法捻转。即拇指后撇,食指向前推,使向右下方扩展,就势捻转,顺乎自然。

c. 左右钩,左向钩用推法;右向钩用撇法。

d. 转折,与左右钩法相同。

以上,仅供参考。可根据自己的用笔习惯捻转,不要生搬硬套。

(3)捻转注意事项:

a. 捻转也是一种技巧,要通过用笔练习。开始可能不习惯,有一定难度,只要坚持,熟能生巧。

b. 捻转只在各项用笔过程中起辅助性作用,目的增加线条的活力,使线条变得浑厚、雄壮。不能代替提按等作用。

c. 捻转速度是随着用笔速缓而行,其力度也随字的大小而定,相互配合而行,效果才会好。

以上是个人在学习过程中的一点小体会,与同道共同讨论,谬误之处,在所难免,望行家多多指正。

二〇〇八年

6. 书案拾零

(1)旧墨新用。当天的墨未用完,第二天再用时写成的字发灰,有损美观。采取方法有二:一是放着,第二天再用时,用墨锭研磨片刻,旧墨如新,解决了发灰的问题。二是倒入垫有海绵的墨盒或小瓶子中,待用。

(2)谨防笔锋干涸。正在习书,突然有事或接电话,时间稍长,笔锋干涸,笔锋分叉,无论如何处理,也很难如初,等于废了一支笔。办法是用一小瓶,装少半瓶水,如去的时间稍长,可将笔临时插入,防止笔锋干涸。

(3)书成平铺。写成的书法作品,不急于挂起来,应平铺在同样大小的用过的废纸上,直至墨迹完全干了,再挂。这样可使墨迹再继续渗入纸面和外洇,以增加线条的厚度和效果。

(4)次纸巧用。有时碰到比较次的纸,表面比较光滑,渗墨不好。一是将纸平铺在垫毡上,用细砂纸或细一点的磨石,顺着纸纹的纹路顺势摩擦,有细末脱落,除去。但用力不要过大,防止磨破。再使用不但渗墨好,手感也好多了。二是将纸用双手反复搓揉,再展开使用,但不能当作品纸用了。

(5)纸反复使用。作品不是一次就写成的,反复多次才能写出成品。这些未成品纸可利用其空白间隙再作练习使用,后再用其反面,用过去剩余的墨练习写大字,纸可反复多次使用。报废的画纸也可这样用。写完了的废纸可用来擦油机或灶台,比抹布还好用,废物利用。

(6)兴时疾书。为了写好作品,往往越想写好越写不好,有时还生闷气。可采取"笨鸟先飞"的办法,可提早安排,提前做准备,在精神较好、来情绪时,挥笔疾书,往往能产生好的结果,这正是"有心栽花花不活,无心栽柳柳成荫"。

(7)润笔。在用笔之前,将笔置于笔洗中,浸泡片刻,再捻转,以排出笔锋中的空气(不出气泡为止),再醮墨或颜料使用。好处是吃色均匀,也容易清洗。不妨一试。

(8)新纸放陈用。有时买的纸是出厂不久的新纸,其中漂白粉还没有彻底挥散,用后墨色或颜色会发生改变,影响效果,新纸存放一年半载的,再用就可避免了。

(9)防垫毡早废。垫毡用久了,因渗墨而染污。在垫毡新用时,垫一块旧棉布,脏了可洗,洗了再用,可大大延长垫毡的使用时间。

(10)保持砚不涸墨。砚在使用过程中很容易涸墨,时间长了,很难洗去。办法是每次用完后,砚池中放一定量的水,泡着,下次用前用毛刷四周刷一下,将水倒掉,就可避免砚池涸墨。

7. 试谈郑板桥的墨竹

当人们谈起墨竹的时候,总是首先想到郑板桥。这不但是他的竹子画得很好,对后人有着深远的影响,还有他一生清贫、勤奋、艰辛,为人耿直,秉公办事,理事公道,因而受到人们普遍的尊敬和爱戴。

郑板桥自小家贫,幼年时失去母亲,是乳母教养长大的。中年考试中举,后又中进士,数次调任县令。在任时为官清廉,关心人民疾苦。在山东潍县供职时,正遇饥荒"人相食",他从多方面设法赈灾,表现出他关心人民疾苦和治政才能。他的这些举动,却触及了一些贪官污吏的直接利益,诬告他贪婪,因此而被罢官,时年35岁。据传他离职时,只用了三条毛驴搬运行装,一条是他自己乘的;一条是驮他的书籍和琴;一条是他仆人乘骑为前导。真可谓两袖清风,因而赢得了"三绝诗书画,一官归去来"的美誉。罢官后,他便回到扬州家乡,以买字画为生。在画款中提到"掷去乌纱不做官,归来江上钓鱼竿,问渠钓具从何买,笔底新篁万尺宽"。并宣布,他的画是为了"天下穷人",并非安享之辈所用。同时他还经常题扇卖钱帮助穷人度年关。因此,爱竹、画竹是他人品的再现。他作诗曰"虚心竹有低头叶,傲骨梅无仰面花"。

郑板桥一生中主要画竹、兰、石,偶尔也画梅花及其他花鸟。他的笔法取法于石涛,又从徐渭、高其佩等人得其笔意。他主张向他人学习,但又不主张死学。应"学一半,撇一半"、"其师间不在迹象间"。就是说,对前人的遗产不能不学,但不能死学。他的这种治学态度,无疑是十分宝贵的。他笔下的竹,既是继承了前人的笔墨法,又有自己的创新和发展。

他的墨竹独具匠心,常常是竹、石合璧,多而不乱,少而不单,潇洒自然,秀劲精妙。他的画不求形似,但求情深意新。有寓意辞官为民的,有反映人世沉浮的,有寓意不为艰难与命运抗争的等等,都反映了他那种顽强刚毅的性格。他在竹石画上题款道:"咬定青山不放松,立根原在破岩中,千磨万击还坚劲,任尔东西南北风"。他竹、诗、画统一布局,既是画又是书,既是书又是诗,诗书画交融为一体,妙趣横生,自然成趣,美感倍增。

在创作构思中,他提出"眼中之竹"、"胸中之竹"、"手中之竹"三步骤。"眼中之竹"是自然界中的竹,是实景、是对自然之竹进行仔细真实的观察。相传郑板桥为了观察竹的生长实景,在自己的窗前种了许多竹,并利用月照的影子,详细观察其身影和形态,高兴时还伏案提笔作画,画出所观之形态。"胸中之竹"是通过对自然竹的观察、体察,又经过作者细心琢磨,形成构思,为创作打下良好基础,真正做到"胸有成竹"。他在竹画题款中写道:"一尺竹含千尺势,老夫胸中有灵气"。"手中之竹"是实现艺术的创作,是心灵的竹,通过作者的手,画出活生生的作品来。说明艺术源于生活,但不是现实的翻版,是源于生活又高于生活的。郑板桥的竹是现实的竹,又是高于现实的竹,因而在历史上产生了深远的影响,得到人们的赞美和喜爱。

郑板桥悟得了书画内在的联系,他说"山谷写字如画竹,东坡画竹如写字"。他提出了以书之关纽,透入于画,又以画之关纽,透入于书。他吸收了山谷书法长撇的技法,用于写竹,因此他说"要知画法通书法,兰竹如同草隶然"。他画的竹,得益于书法,书法又促使他画的竹更生动,更具有灵性。

画竹可分为竿、节、枝和叶等。郑板桥画的竹竿挺拔、直节、浑圆、柔韧,质感性很强,且富有弹性。画竿时藏锋逆入,稍顿按,纵笔直泻,到位后顿笔或提按向左上方收笔成节,笔笔相连,节节相接,笔断意连,直通顶端。遒健、圆劲,墨色匀称,真有直通云霄之势。他画的竹节,颇见功夫。有的竹竿有节,有的则无。从我们现在看到的墨竹,也难找得规律可循。多是细竹、嫩竹无节,粗竹时有时无,多是依据画面而定。画节他用隶法,中锋入笔,起、行、顿笔成形,苍劲沉厚,顿按有力,质感很强,毫无浮滑之感。郑板桥所画竹枝也很巧妙,他并不以成竹"照本宣读",而是中锋用笔,疾速运行,短而细,到位后轻顿,迅速收笔或无提按顺势而成。生意连绵,极富弹性,为画竹叶打好了基础。其枝虽少而简练精到,无乱枝插叶之感。

竹叶是竹的重要组成部分。晴、风、雨、露,叶态形状极富表现力。晴叶上仰,风叶偏侧向回旋,雨叶下垂,露叶端雅。画叶时藏锋逆入,时而中锋,时而兼侧锋,实按虚出,顺势而行。以书法的撇捺和点画勾出不同透视关系的竹叶。叶有长有短,有肥有瘦,有粗有细,圆边秃尖,取势交替参差,一笔数叶,一气呵成;有聚有散,聚多于散,聚处有离合,分散处有伸缩。叶面形成顺逆自如,顾盼有致,错落多姿,形态多变,韵味十足。

画竹结顶是一大难题,多是一笔新月,二笔鱼尾,大多为取势,不多添叶。而郑板桥画竹其结顶不然,无论直式、斜式等,结顶多是一簇叶为多,状成飞燕形,或取斜式或取平式,参差有致,飘逸飞动。

郑板桥在墨竹章法布局处理上也很讲究。竹为直立形,画不好很容易形成并列长方形或正方形,他的墨竹画面丰富多彩,不仅正幅画面多用不等边三角形,就是分枝叶簇也成不等边三角形,多是左低右高,成斜式,欹侧险绝,使画面显得生气勃勃,催人向上,表现了君子之态,君子之情结。

郑板桥画竹用墨也很精到,淡竹淡墨,浓竹浓墨;近景浓,远景淡,笔笔送到,交相辉映。竹叶浑厚、飘逸,错落有致,正是"只道霜筠千欲枯,萧萧绿叶又扶疏"。

郑板桥所画的竹已远去数世纪,我们现代画竹不能生搬硬套他的公式,但可资借鉴,画出我们时代的更新颖的墨竹来。

二〇〇五年

8. 烹调中的糖、醋、酒

中国菜肴是世界有名的。除了厨师、主妇(男、女)们的高超技术之外,还使用各种各样的调料佐味剂,使得菜肴的色、香、味达到了佳境。食文化也成为人们不断追求的境界。随着社会的发展,生活水平的提高,逐渐进入小康社会,饮食文化也逐渐提到日程上来。追求不但吃得饱,还要吃得好、吃得香、吃得科学。为了吃到更佳的菜肴,现就人们在烹炒中常用的糖、醋、酒等谈些浅见,共同探讨。

首先是糖。烹调中使用糖南北有别,南方人煎、炒、煮大多要加些糖作佐料,这与南方人生活习惯有关系,他们大都嗜好甜食。糖在此不仅是调味品,还有更深层的道理。菜大都是由纤维质组成,所含成分很复杂,除了叶绿素之外,还含有黄酮类、苷类,(也称糖苷,旧称"甙""配糖体",是糖通过它的还原性基因同某些有机化合物缩合的产物)。色素、维生素、铁以及微量元素;有些还含有生物碱(是一类具有碱性含氮的有机化合物)等等。其中大多数有机成分不耐高温,在烹调过程中因受高热而容易被破坏。于是聪明的主妇在烹炒中加些糖。糖是一种天然还原剂。受到高温时蔗糖逐渐变成焦糖,这个过程叫作氧化,糖被氧化了,同时阻止了蔬菜中营养成分的破坏(即发生了还原作用)。因此,炒菜时加少许糖不但起到调味的作用,而且能起到保鲜以及防止营养成分被破坏的作用。从这个观点讲,南方人炒菜加点糖是聪明之举。同时,蔗糖受高温变成焦糖——褐色,给菜肴增添了色泽,使色泽更加好看。一般地讲,加糖应在菜入锅时就加入,因其不挥发,及早加入,先期阻断高温对营养成分的破坏。糖只是起调味作用,不宜太多,可根据个人口味、身体条件以及家庭习惯等,适量即可。现实生活中,糖尿病逐年增加,对于这部分人,要视情况而定。一般讲,少量焦糖,不会影响到糖的代谢。

再说醋,山西人喜欢吃醋是出了名的。传说山西人当兵不带水壶而带醋壶,国民党兵投降时交枪不交醋壶。可见山西人爱吃醋到何种程度。当然这是笑料。醋也是烹炒中常用到的调味品,做鱼及海产品加醋是必不可少的,目的是消除腥味。炒菜为了味道更加鲜美,也常常加些醋,如炒苦瓜、白菜、芹菜等等。至于鱼香佳肴如鱼香茄子、鱼香圆白菜、鱼香肉丝等,醋都是非加不可的。山西人炒鸡蛋也要放点醋,炒出的鸡蛋又嫩又香。面食是北方人的主要膳食,醋是次于盐的主要调料。烹炒用醋也是有一番科学道理的,醋的主要成分是醋酸,它对叶绿素、苷等都有溶解作用。对于菜中碱类物如生物碱能使其生成盐,更容易被人体吸收。醋还可使大分子化合物解链形成小分子化合物,如肉食中氨基酸(饱和脂肪酸)链条很大,醋可使其中某些大分子解链,生成小分子化合物,促使人体更易消化吸收。因此,烹调中加入适量的醋是很有益处的。

另外,醋在冷凉食品中也是不可缺少的,如凉拌面、凉粉、拍黄瓜等等,是被广泛使用的调料。

其次就是酒类。黄酒、料酒是人们烹调中最常用的佐料。特别是鱼类、海产品更是如此。酒的主要成分是乙醇,通常叫酒精。料酒一般含酒精量在 $10\%\sim15\%$ 左右。它是一种很好的天然溶剂,对许多有机化合物如生物碱、苷类、糖类以及色素(叶绿素)等都有增溶作用。另外,料酒还可使蔬菜的纤维变得疏松、清脆、美味,更容易消化吸收。同时,在烹调中还常常加入其他调料,如五香粉、胡椒面等,这些调料都含有机化合物(香味来自这些化合物),在水中几乎不溶解,但能溶解在酒精里,溶出的香料,增加了菜肴的滋味。

醇与醋在烹调过程中,相互作用,生成一种叫醋酸乙酯的酯类物质,它具有浓郁的清香味,增加了菜肴的美味。

总之,糖、醋、酒是中国人在烹调中最常用的调味佐品,掌握和使用好这些调料,对提高菜肴的质量和品位有着极其重要的作用。但愿家庭主妇们能巧用各种调味佐料,做出更多更好的菜肴,满足人们日益提高的生活要求。

9. 在校十年

我从 1991 年退下来后,就参加了本所组织的绘画学习班。那时人少,还没有办起学校,我去海淀报名参加《海淀老龄大学》学习书法。从 1992 年起,我们也办起了老干部大学,就近入学方便多了。老干部大学因离退休干部的增多应运而生。因而扩大了离退休干部的活动空间,大大丰富了老人们生活内涵,很大程度上消除了离退休后的失落感、空虚感。我整天忙于书画学习,思想感到很充实,真是老有所学,老有所乐,修身养性,陶冶情操,延年益寿的乐事。

10 年来,我学习了楷书四年,行、草、隶书和诗词各两年,四君子四年,以及花鸟等。经过学习,不但学到了新的知识,扩大了知识范围,也极大地丰富了精神生活,增添了生活乐趣,同时也受到爱国主义教育和加深了民族自豪感。

10 年的学习,我深深体会到,学好书画不但要有奋发图强的热情和身体力行的努力,还需要有一个很好的学习方法。我的体会是一个坚持三个结合。

一个坚持,就是始终坚持上好课。学习一门知识是一个艰苦漫长的过程,对老人来说更是如此。我依据自己的情况,同时选择两门功课学习——书法与绘画。每周各一次上课,开始时兴趣很浓,劲头也足,作业也是反复琢磨反复练,时间久了感到疲倦。特别是学习进步不大时,感觉力不从心,难以获得满意效果时,有些松劲,感到学书难度很大,自己对能否学好书画产生了怀疑,甚至产生动摇。但返回来又想,休息了不学习又去干什么呢? 半途放弃可不是我的性格。又想到列宁的教导:学习,学习,再学习;周总理的教诲:活到老,学到老,还是要坚持学下去。不学则罢,学就坚持到底。既不给自己制定过高标准,也不放弃努力。从纵行比较,还是有进步的。于是给自己制定了一个合理的要求:不求最好,但求年年有进步,足矣。坚定学习信心,以不到长城非好汉的毅力,知难而进,持之以恒。正是路漫漫其修远兮,吾将上下而求索。

三个结合就是:

一是普遍临帖与专修一门相结合。中国的书画源远流长,门类繁多,作为老人精力有限,记忆力不好,不能把学习面铺得太宽太大,重点是学习基础知识。如书法主要是学好楷书,它是学好书画的基础,这个基础打好了,书画学习有可能取得事半功倍的效果。为了打好基础,我楷书学习了四年,行、草、隶等各用了两年,因此后来的书画学习进展比较快,收效也较好。在普遍学习取得一定成效、有一定基础后,选择适合自己的某一门,特别是书法要进行长时间的临摹并取得老师的指导,坚持不懈,力争好的效果。我学习了《多宝塔》、《勤礼碑》、《九成宫》等之后,感觉《勤礼碑》更贴近自己,适合我的口味,于是多在此帖上下功夫,坚持长期练习,其他以行、草行习书为辅,以辅助主。在取得较好效果后,我转入以学习怀素的《自叙帖》和《千字文》为主,长期坚持练习,虽然练习次数随着时间的推移减少了,但一直未放弃对该帖的临摹。

又如国画学习,我主要是学习《四君子》,其中以竹为重点,坚持长期练习,并取得了较好成效,作品受到人们的喜爱。

二是听课与创作相结合。开始学习以听课为主,学习基础知识、练习技法。在基本掌握了基础知识和技能之后,就摸索着进行创作,锻炼自己的胆量与能力,不怕失败,不怕出丑,持之以恒。从进校第五年开始进行创作,成品向外投稿和送亲友,累计寄出书画作品百余幅,其中一些被收藏或受到奖励或编入书画册。这对我既是鼓励又是促进,更增强了我的创作信心。为选送一幅作品,数十遍甚至更多地书写,反复比较,并征求老师与同道意见,直到认为能拿出手为止。作品既体现了自己的辛勤劳动,也得到社会的认可。

三是在校学习与拓宽眼界相结合。在校学习生要是老师授课,作业练习,这完全是必要的,是学习的必由之路。但对老人来说还是远远不够的,还需要学习一些课外知识。如书画家传记、历史知识、文学史、诗词等。同时也要经常外出参观展览,开拓视野,以补充课堂学习的不足。参展中对一些好的作品进行摄像、临摹和做笔记,目的是提高自己的书画外功夫。经过多年的努力,文理学知识有所增加,艺术意识有所丰富;在书画学习与创作中,能从书画的结体、线条、色调、墨色以及章法等审视作品。当然还是眼高手低。

回顾十年学习过程,使我悟到一些学习书画的门道,但要真正学好,还要付出更大的努力。正是雄关漫道真如铁,而今迈步从头越。

二○○二年

10. 悼念我的母亲

我心中最敬爱的母亲,于 1996 年 12 月 12 日晚,因病救治无效去世,享年 83 岁。遗憾的是临终前我未能见上她老人家一面,为此,我悲痛万分,终生愧疚。

从我记事起,母亲就是我模仿、学习做人的典范。母亲的人品和精神,给了我一生奋斗、拼搏的无穷力量。

母亲是位家庭妇女。她吃苦耐劳,勤勤恳恳,在她的前半生中,几乎是在饥饿线上苦苦挣扎的,每当青黄不接的季节里,她总是一大早拎着菜篮子外出挖野菜,为全家人充饥,野菜的苦涩味,我记忆犹新,终生难忘。在我 10 岁以前的年月里,因家境贫困,她为全家人的吃穿苦苦熬煎着,夏天我们弟兄几个总是光着屁股,母亲为儿无衣遮体忧心忡忡,于是苦学纺纱织布技术,用池塘的淤泥将布染成褐黑色,做衣遮体保暖。

母亲是位贤妻良母,家中她顶天立地,是父亲的得力助手。她身体力行,尽力为儿孙排忧解难。10 多个孙子,个个都有她老人家怀抱亲吻的痕迹。三年困难时期,物资匮乏,供应困难,母亲从农村来到北京为我们带孩子。没有户口,吃饭成了问题,为了充饥,母亲从菜站抛弃的烂菜堆里拣回烂菜叶子,做成菜食,为全家人糊口度日,自己从不多吃一口。每当想起这些,我的心都要撕裂了。娘呀!您用多么宽宏的胸怀温暖着儿女们的心!

母亲为儿掌灯指路,在那战火纷飞的年代,母亲为儿安全许愿、祈祷(她并不信教);和平年代,教儿正正派派做人,做好自己的事情,为儿女操尽了心,流干了眼泪。

当母亲年逾古稀,一年内失去一儿一女,况且女儿是唯一的女儿,老人家撕肝裂肺地痛苦,但她以坚强的意志和顽强的精神艰难地挺了过来。

母亲品德高尚,为人厚道,乐于助人。因而在左邻右舍以至全村人心目中,享有很高的威信。她逝世后,全村人走出门外为她送葬。我每月寄给她老人家的生活费用,她舍不得吃穿,大都为儿孙所用,她不顾年迈体弱,仍然为儿孙们的生活操劳着,直到她咽下最后一口气。

母亲的言行,是留给我们儿孙们的极其宝贵的财富,我们要继承母亲的优秀品德以及不知疲倦的勤劳精神,以作纪念,度过今生人世!

尊敬的母亲,永别了!

敬爱的母亲,永垂不朽!

不孝之子天兴于 1996 年 12 月

全家乐

八十寿辰时老伴敬酒

喜笑颜开

为老伴七十寿辰祝辞

与老伴八十寿辰时合影

老伴八十寿辰照

女儿们合影

女婿们合影

外孙们合影

和侄子一家合影

后　记

　　我花费了很大的劲,把要想写的东西终于写成了,但怎么看也不够满意,文字结构、语言修辞等不尽如人意,其中有事实、事例也说得不很清楚。但是,我要想说的事基本都写了,从这个角度讲,总算完成了我的心愿。

　　编写的内容仅限与我个人有密切关系的事与人。对于我的家庭成员,比如我的老伴,我们结婚快60年了,应该有不少事情可以说说,如说"粗"了,没有意思;说"细"了也难;儿孙的事情更由他们自己去说,长辈不大包大揽,所以都放弃了。

　　对于内容的叙述,有的事情可能不值得一提,有的事显得婆婆妈妈。凡人所遇皆凡事,不可能那么精到,也不想做太精细的修改,凡人凡事,让它"凡"到底。

　　为了把事情说得更明白更清楚,我插进了一些图片。由于一些原因,在文字与图片的衔接和安插上,个别的不尽恰当合理,我想不会影响阅读。不想再改动了。

　　在标题和内容的选择上,我觉得也显得不尽合理。如药业40年,几乎包揽了此期间发生的所有事情,不管它是否属于药业范围,只要是我从事药业期间发生的事,都按时间的顺序编写下来。这部分内容显得过多、臃肿，由于原来是这么安排的，成文后，也不想再下功夫修改和整理了。

初稿完成后，交女儿、女婿们看看，为我把关纠错；书稿送给出版社后，编辑们对其中的用语、修辞以及错别字等，进行了不少的修改和纠正；以及在写作过程中帮助过我的同志，在此一并表示深切的感谢。

附录中的文章，是在学习书画过程中写成的，多数被总后和总参老干部大学内部刊物收载，个别的被《中国老年报》刊用，附在后边，作为留念。

为了缅怀母亲，《悼念我的母亲》一文，也收入到附录里。